Uwe Goeritz

Der russische Dolch

Bibliografische Information der Deutschen Nationalbibliothek:

Die Deutsche Nationalbibliothek verzeichnet diese Publikation in der Deutschen Nationalbibliografie; detaillierte bibliografische Daten sind im Internet über http://dnb.dnb.de abrufbar.

© 2016 Uwe Goeritz

Coverbild: Uwe Goeritz

Herstellung und Verlag: BoD – Books on Demand, Norderstedt

ISBN: 978-3-7412-3828-4

Inhaltsverzeichnis

Der russische Dolch 7

Das erste Treffen 8

Schwein gehabt 12

Freunde für immer 16

Ein Geschenk 20

Ein Abschied? 24

Die Braut des Soldaten 28

Befördert oder Bestraft? 32

Ein weites Land 36

Gewitter, Schlamm und Mücken 40

Vorwärts! 44

Verbitterte Kämpfer 48

Auf der Flucht 52

Kalter Wind 56

Alleine im Schnee? 60

Ljubas Hilfe 64

Nach Hause! 68

Ein Aufruf 72

Im Pulverdampf 76

Neue Kämpfe 80

Entscheidungen und Zweifel 84

Seite an Seite 88

Ein neuer Dolch 92

Ein Versprechen 96

Hoher Besuch 100
Zeitliche Einordnung der Handlung: 104

Der russische Dolch

Sachsen in den Jahren des napoleonischen Krieges in Europa. Diese Geschichte handelt von der Freundschaft zweier Männer in den Jahren 1800 bis 1815. Peter, ein Sachse, und Pjotr, ein Russe, treffen sich in der Kindheit und begegnen sich im großen Krieg Napoleons gegen Russland 1812 wieder.

In diesem Krieg, den Napoleon gegen ein ganzes Volk führte, stehen sie auf unterschiedlichen Seiten der Kämpfe. Ein Sommer und ein Winter, mit einem Krieg, der sich tief in die Erinnerung der europäischen Völker eingebrannt hat. Durch Not, Krankheiten, Hunger, Gewalt und Krieg wurden ganze Landstriche in Russland entvölkert sowie niedergebrannt. Millionen Menschen auf beiden Seiten starben.

Dies ist die Geschichte von einer ungewöhnlichen Freundschaft, die durch den Krieg auf eine harte Probe gestellt wird. Traumatisiert durch die Ereignisse des Sterbens und Tötens versuchen sie Beide dennoch Menschen zu bleiben, in einer Zeit, in der ein Menschenleben nicht viel wert war.

Die handelnden Figuren sind zu großen Teilen frei erfunden, aber die historischen Bezüge sind durch archäologische Ausgrabungen, Dokumente, Sagen und Überlieferungen belegt.

1. Kapitel

Das erste Treffen

Blau schimmerte der Stahl in der Hand des Jungen. Behutsam führte er sein Finger über den achteckigen Lauf des Gewehres, dass ihm sein Vater heute zum ersten Mal bei einer Jagd gegeben hatte. Er war an diesem Tag dreizehn Jahre alt geworden und sein Vater war der Meinung, dass er nun alt genug war, um mit ihm in den Wald zur Jagd zu kommen.

Der Name des Jungen war Peter und er war der Älteste von sieben Geschwistern. Sein Vater war Förster und Jäger in seiner Heimatstadt. Peter bewunderte den Vater schon seit langem und zusammen hatten sie oft im Garten schießen geübt. Heute nun durfte er das erste Mal mit. Obwohl der Vater von den Landesherren bezahlt wurde und als Jäger oft Wild mit nach Hause brachte, wusste Peters Mutter oft nicht, wie sie die vielen hungrigen Mäuler am Tisch stopfen sollte. Das „von" in seinem Namen war nur noch ein schwacher Hauch von Reichtum, Ritter und Burg, auf der seine Vorfahren einst gelebt hatten. Schon oft war der Junge abends hungrig ins Bett gegangen.

Der Vater hatte sich die große Jagdtasche mit Kugeln und Pulver umgehangen und hielt dem Jungen die Tür auf. Leise schloss Peter die Haustür wieder. Draußen begann es gerade zu Dämmern. Die ersten Sonnenstrahlen tauchten das Tal in ein rötliches Licht. Der letzte Schnee des vergangenen Jahres reflektierte ein paar der Strahlen, als sie durch die noch schlafende Stadt gingen. Mit beiden Händen hatte er das noch ungeladene Gewehr umklammert und achtete sorgsam darauf nicht irgendwo anzustoßen.

Hinter dem alten Stadttor bogen sie in den Wald ab. Der Vater folgte einem Wildpfad bergauf und Peter schloss sich ihm an. Nach beiden Seiten schauten sie in den Wald vor sich, doch noch war keine Bewegung auszumachen. Vor ihnen öffnete sich der Pfad zu einer größeren Lichtung. Der Vater blieb stehen und nahm Pulver und Kugeln aus der Tasche und übergab sie an den Jungen. Sorgfältig lud Peter das Gewehr, so wie er es schon so oft mit dem Vater zusammen geübt hatte. Danach knieten sich die Beiden hinter einen Baumstumpf und beobachteten die Lichtung direkt vor sich.

Eine ganze Weile hatten sie so schon gewartet, als ein Knacken aus dem Wald zu hören war. Vorsichtig schob sich ein Rehbock auf die Lichtung hinaus. Immer weiter nach vorn, wo unter den Schneeresten noch etwas Gras vom letzten Jahr zu finden war. Mit den Vorderhufen schob er den Schnee zur Seite und begann zu fressen. Peter schob das Gewehr langsam nach vorn und zog den Hahn zurück. Das Klack, als der Hahn in die Rast sprang, ließ den Bock aufhorchen. Er hob seinen Kopf und schaute in alle Richtungen, aber er sah die beiden Menschen nicht und der Wind stand für ihn auch ungünstig. Peter zielte genau auf die Stelle, die ihm sein Vater immer auf Bildern gezeigt hatte. Hinter dem Vorderbein, genau in der Mitte des Körpers. Ganz ruhig legte er seinen Finger auf den Abzug. Ausatmen, einatmen, Atem anhalten und den Abzug nach hinten durch ziehen, so wie er es immer wieder geübt hatte. Der Hahn schlug in die Pfanne und der Rückstoß des Gewehres traf seine Schulter. Durch den Pulverdampf sah Peter den Rehbock springen. „Verdammt, daneben." dachte er sich, doch als sich der Rauch verzogen hatte, sah er den Rehbock dort vor sich liegen, keine fünfzig Schritte waren es bis dorthin und die beiden Menschen rannten los.

Peter hatte genau getroffen und der Bock war tot gewesen, bevor er seinen Sprung hatte zu Ende bringen können. Anerkennend klopfte der Vater dem Jungen auf die Schulter. Zusammen luden sie sich das

Tier auf die Schultern und gingen zurück in die Stadt, die nun langsam erwachte. Als die Beiden mit dem Bock über den Marktplatz gingen sahen sie einen Wagen vor dem Gasthof halten. Ein Junge, in Peters Alter, stieg herab und brachte ein paar Säcke in den Gasthof, die ihm ein älterer Mann vom Wagen herunter reichte. Plötzlich scheuten die Pferde, vielleicht hatten sie das Blut des Bocks gerochen, jedenfalls ruckte der Wagen nach vorn und der Mann stürzte vom Wagen herab. Eines der Räder rollte über sein Bein und er schrie etwas in einer Sprache, die Peter nicht verstehen konnte.

Peter und sein Vater ließen den Bock fallen und liefen zum Wagen, um dem Mann zu helfen. Peter griff nach den Pferden und zusammen mit dem anderen Jungen brachte er den Wagen zum Halten. Peters Vater zog den Mann unter dem Wagen hervor und betrachtete sich das Bein. „Das ist wohl gebrochen." sagte er schließlich, als er es mit dem Ast, auf dem sie gerade noch den Bock getragen hatten, schiente. Zusammen mit Peter und dem anderen Jungen brachten sie den Mann in das Gasthaus hinein und legten ihn dort auf das Bett seines Zimmers. „Hole den Arzt." sagte der Vater zu Peter und der sauste los. An dem Bock vorbei, der immer noch vor dem Gasthaus lag, die Straße entlang zum Haus des Arztes.

Der Arzt nahm seine Tasche und nun liefen sie den Weg wieder zurück in den Gasthof. Er beugte sich über den Mann und sagte dann „Du hast Recht Klaus, das Bein ist gebrochen.". Während Peter an der Zimmertür stehen blieb und den Männern zuschaute, ging der andere Junge zu dem Mann und übersetzte die Worte des Arztes in eine Sprache, die Peter noch nie gehört hatte. Dann kam er wieder zurück. Er bestaunte das Gewehr, das Peter die ganze Zeit in der Hand gehalten hatte, sagte aber nichts. Peter sah ihn von der Seite aus an und sagte dann „Ich bin Peter." Dann hielt er dem anderen seine Hand hin „Pjotr." sagte der andere Junge, während er die ausgestreckte Hand ergriff „Das ist russisch für Peter und mein Name." „Na da haben wir doch beide denselben Namen." sagte Peter und schaute wieder den Männern zu. „Das wird wohl sechs Wochen dauern, bis er wieder laufen kann." sagte der Arzt abschließend und verließ den Raum, nachdem er einen Verband angelegt hatte.

„Na, wenn das so lange dauern wird, da werden wir uns sicher noch sehen. Das ist mein Vater." sagte Pjotr zu Peter, bevor er zu seinem Vater ging und die Worte des Arztes übersetzte. Der Mann auf dem Bett fluchte. Peter und sein Vater verließen das Zimmer und nahmen den Rehbock mit, der immer noch vor der Tür auf dem Gehweg lag.

2. Kapitel
Schwein gehabt

Peter und Pjotr trieben sich in der ganzen Stadt herum, während Pjotrs Vater langsam wieder gesund wurde. Pjotr hatte erzählt, dass sie mit Waren aus Dresden eigentlich nach Leipzig wollten, aber nun hier eben Pause machen musste. Sie waren Händler aus Russland, die auch seltene Pelze mit auf dem Wagen gehabt hatten. Peter hatte sich die Pelze auch schon angesehen, aber diese Tiere hatte er noch nie gesehen. Bis auf die Pelze kannte aber auch Pjotr diese Tiere nicht. Sie hatten sie von einem Jäger erworben und wollten sie hier in Sachsen verkaufen. Peters Vater hatte gesagt, dass es Zobelfelle seien, die sehr kostbar waren.

Endlich hatte Peter einen Freund, mit dem er die Stadt unsicher machen konnte. Seine Brüder waren dafür noch zu klein und seine Schwestern wollte er dazu nicht mitnehmen. Die blieben auch lieber bei der Mutter in der Küche. „Mädchen eben." dachte er. Mit Pjotr war das was anderes. Sie stellten den ganzen Tag Unfug an, wenn Peter nicht gerade in der Schule sitzen musste. Ein paar Worte in Russisch hatte er auch schon gelernt, aber noch nicht so viele. Er konnte sagen wie er hieß und wo er wohnte. Zum Glück konnte sein Freund ganz gut deutsch sprechen.

Als den beiden Jungen nach einer Woche die Stadt nicht mehr genug war, begannen sie die umliegende Gegend zu erkunden. Besonders der Wald hatte es Pjotr angetan und da sich Peter dort ganz gut auskannte, fingen sie an, zuerst in Sichtweite der Stadt und nach ein paar Tagen auch weiter weg, durch den Wald zu streifen. Noch war es ja etwas kahl hier und an manchen Stellen lag auch noch etwas Schnee, aber für Jungs in diesem Alter war das ein richtiges Spieleparadies. Mit Stöcken fechten und Ritter spielen, das war es, was sich

Peter schon lange gewünscht hatte, aber mit seinen Schwestern konnte er höchstes Blümchen pflücken gehen.

Jeden Abend wenn er nach Hause kam, und die Mutter seine zerrissenen Hosen sah, seufzte die Frau. Über Nacht wurden die Sachen wieder geflickt und nur um am Folgetag wieder den einen oder andere Riss zu erhalten. Manchmal konnte man sehen, wie sehr die Frau die Abreise von Pjotr und dessen Vater herbei sehnte, aber sie war auch froh, dass ihr Junge einen solchen Spaß hatte. „Wenn die Kinder nur mehr auf ihre Sachen achten würden." seufzte sie abends oft.

An einem Sonntag, nach dem Gottesdienst, wollten die beiden Jungen wieder in den Wald, Peters Mutter konnte sie gerade noch zurückhalten. „Erst Mittag essen und dann umziehen!" sagte die Frau, während sie die Hände in die Hüfte stemmte und sich in der Ausgangstür positionierte. Der lange Tisch wurde gedeckt und für Pjotr ein Teller dazu gestellt. Die Mädchen brachten zusammen mit der Mutter die Speisen aus der Küche. Es gab Kartoffeln und Gänsebraten. Die beiden Jungen sicherten sich schnell jeder eine der Keulen und nach dem Tischgebet langten alle kräftig zu.

Kaum waren die Teller leer, sausten die beiden Jungs zur Tür hinaus und durch die Stadt. Heute wollte Peter seinem Freund die Lichtung zeigen, auf der er, vor ihrem ersten Treffen, den Bock geschossen hatte. Leise schlichen sie den Waldweg entlang. Vielleicht konnten sie heute ebenfalls ein Reh beobachten. An der Lichtung angekommen sahen sie aber dort nur zwei Raben sitzen, die beiden Vögel hatten die Jungen schon bemerkt und hüpften in Richtung Waldrand. Peter lief los und versuchte einen der beiden Vögel zu fangen, doch der legte nur seinen Kopf schräg, wartete ab und flog dann los, als der Junge nur noch drei Schritt vor ihm war. Das „Krah" von oben war wie ein Spotten über den kläglichen Versuch.

Unten standen die beiden Jungs und lachten ebenfalls über den Versuch einen Raben zu fangen, aber ein paar Federn, die der Rabe beim Abflug verloren hatte, waren Peters Lohn. Sie bewegten sich am Waldrand weiter und kamen auf die andere Seite der Lichtung. Von dort aus konnten sie nach Süden auf den Fluss und den Hügel auf der anderen Seite des Tals schauen. Langsam bewegten sie sich den Hügel hinunter auf die Straße zu, die neben dem Fluss in die Stadt führte. Ein leises Quicken, keinen Meter neben sich, ließ Peter zusammenzucken. Er schaute nach links und rief seinen Freund zu „Lauf." Dann sauste er den Hang hinab. Pjotr wusste für eine Sekunde nicht, was sein Freund meinte, doch dann hörte er ein Schnaufen hinter sich und ohne sich umzudrehen rannte er, so schnell er konnte, dem Jungen hinterher. Von vorn hörte er ein rufen „Hier." und sah Peter einen Baum hinauf klettern. Aus dem vollen Lauf sprang er den Baum an und kletterte ihm hinterher.

Völlig außer Atem schauten die beiden Jungs nach unten und sahen das Wildschwein unter dem Baum sitzen. Vor Wut schnaubte es nach oben. „Da haben wir aber noch mal Glück gehabt." sagte Peter und Pjotr stimmte ihm zu. „Bis auf meine Hose." sagte er und zeigte auf einen langen Riss im Hosenbein. Als Peter ein Stück nach unten kletterte sah er, dass der Riss sich gerade mit Blut vollsaugte. „Klettere ein Stück höher." sagte er zu seinem Freund und schob das Hosenbein nach oben. Der Hauer des Wildschweins hatte Pjotrs Bein aufgerissen und er hatte in der Aufregung gar nichts davon gemerkt. Die Wunde war so lang wie Peters Zeigefingern und vermutlich auch sehr tief.

Noch immer spürte Pjotr nichts, obwohl das Blut ihm nun schon übers Bein lief. „Was tun?" fragte sich Peter in Gedanken. „Was würde mein Vater machen?" er überlegte kurz und riss sich dann einen langen Streifen Stoff von der Jacke ab. Zuerst band er das Bein oberhalb der Blutung ab und dann verband er es mit seinem Taschentuch. Die Mutter würde bestimmt schimpfen, aber was soll es, das hier war viel wichtiger. Nun war die Blutung erst mal gestoppt, aber von unten schaute immer noch das Schwein, mit kleinen, funkelnden Augen, wütend zu den beiden Störenfrieden herauf. Auf einem dicken Ast sitzend, sahen die Jungs nach unten und mussten einfach warten. Lange konnte es ja nicht dauern, bis die Bache wieder zu ihren Frischlingen zurück musste.

3. Kapitel
Freunde für immer

Noch immer saßen sie auf dem Ast. Das wilde Schwein keine zwei Meter unter ihnen. Langsam kamen die Schmerzen in Pjotrs Bein. Peter stützte seinen Freund, der nun vor Schmerzen angefangen hatte zu weinen. „Wir müssen hier runter." sagte Peter und begann das Schwein mit Stöcken zu bewerfen, was dieses unter ihm nur noch wütender machte. Schließlich warf er einen der Stöcke in die Richtung, aus der sie gekommen waren und das Schwein schaute dem Stock hinterher. Plötzlich wusste es vermutlich wieder, dass dort die Frischlinge auf die Mutter warteten und sauste los. Peter wartete noch einen Augenblick, bevor er sich am Baum herab lies und danach den Freund auffing, der sich nicht mehr halten konnte.

Vorsichtig legte er Pjotr ins Gras. Er schaute noch einmal, ob das Schwein auch wirklich weg war und dann zog er den Freund auf seine Schultern. Mit der schweren Last stolperte er nun den Hang hinab, auf die Straße zu. Mehr als einmal musste er sich an einem Baum abfangen, um nicht zu stürzen. Pjotr hatte aufgehört zu weinen und sagte gar nichts mehr. Sie mussten schnell raus aus dem Wald und Peter machte sich große Sorgen um seinen verletzten Gefährten. Wenn der noch weinen würde, dann wüsste er, das alles in Ordnung war, aber so? Er konnte ihn aber auch nicht ablegen. Peter hätte ihn jetzt nicht mehr auf die Schultern bekommen, er war schon zu sehr geschwächt.

Endlich war die Straße erreicht. Nur noch ein kurzes Stück bis zu den ersten Häusern. Immer größer kam ihm die Entfernung vor, obwohl er doch darauf zu lief. Im Garten neben dem ersten Haus stand ein alter Mann mit fast weißen Haaren. Er bemerkte den torkelnden

Jungen mit seiner schweren Last. Als der Junge auf der Straße zusammenbrach lief er schnell aus seinem Garten heraus und zog zuerst den einen und dann den anderen Jungen zu seinem Haus.

Als Peter die Augen wieder öffnete, sah er seine Eltern, die sich mit sorgenvollen Gesichtern über ihn beugten. „Wie geht es meinem Freund?" war die erste Frage des Jungen und sein Vater antwortet „Dank dir geht es ihm wieder ganz gut. Du hast gut reagiert, nach dem was ich von Pjotr erfahren habe." Peter richtete sich auf und merkte erst jetzt, dass er zu Hause in seinem Bett lag. Er fühlte sich noch etwas schlapp, aber versuchte schon aufzustehen. Die Mutter drückte ihn jedoch wieder ins Bett zurück und sagte „Es ist doch schon Abend. Du kannst ihn morgen wieder besuchen." Wiederwillig ließ sich Peter in das Bett zurück fallen und war schon wenig später eingeschlafen.

Am nächsten Morgen war der Junge noch vor der Schule in die Gastwirtschaft gestürmt, wo sein Freund ja wohnte. Pjotr war schon wach und zeigte ihm die lange Narbe, die der Arzt am Vortag noch genäht hatte. „Ich muss noch ein paar Tage vorsichtig gehen, aber wenn die Nähte dann raus sind können wir wieder durch den Wald jagen." sagte Pjotr und sein Freund nickte „Wir müssen nur auf die Schweine aufpassen." sagte Peter und beide lachten.

Keine Woche später konnte die Beiden niemand mehr in der Stadt halten, aber die Mutter schaute jedes Mal besorgt hinterher, wenn ihr Sohn aus dem Haus lief. Die Beiden vermieden jedoch den Hang, von dem sie nun wussten, dass dort das Schwein war. Noch einmal würden sie bestimmt nicht so viel Glück haben. Immer, wenn sie sich leise durch den Wald bewegten, konnten sie auch verschiedene Tiere sehen. Da Peter sie alle von den Erzählungen seines Vaters kannte, konnte er seinem Freund auch zu jedem etwas erzählen. Pjotr war mehr ein Stadtkind, im Wald kannte er sich fast gar nicht aus, erst hier, mit seinem Freund Peter, lief er staunend durch das Unterholz. So hohe Bäume und so verschiedene sah er, die Birken kannte er aus seiner Heimat, aber die anderen noch nicht. Vor allem die dicken Eichen fand er schön. Erst recht, als ihm Peter erzählte, dass es eine Eiche gewesen war, auf die sie sich vor dem Schwein gerettet hatten.

Pjotrs Vater ging es nun auch schon wieder besser und schon bald würden die Zwei nach Leipzig aufbrechen. Peter ahnte die Sorgen seines Freundes und sagte „Egal was kommt, oder wie weit du auch weg bist, wir bleiben Freunde für immer." „Ja, das werden wir sein." bestätigte Pjotr. Aber dennoch ging er an diesem Abend sehr nachdenklich zurück zu seinem Vater. Erst jetzt hatte er wieder daran gedacht, dass sie hier ja nur auf einem kurzen Besuch gewesen waren, der durch die Verletzung des Vaters etwas länger geworden war. Als Pjotr die Zimmertür öffnete, sah er den Arzt, der gerade noch einmal den Verband des Vaters kontrollierte. „Noch etwa zwei Wochen." sagte der Mann zu dem Jungen und dieser übersetzte es für seinen Vater ins russische.

„Nur noch zwei Wochen." war auch das Erste, was Pjotr am nächsten Tag zu seinem Freund sagte, als dieser ihn, wie jeden Tag, am Nachmittag abholte. Mit einem Nicken bestätigte Peter die Nachricht. Dann liefen beide Jungen lachend in den Wald hinaus. Jetzt mussten sie jede Gelegenheit nutzen, die sich ihnen noch bot. Als sie einen Hang hinab laufen wollten, sah Peter eine Bewegung im Unterholz und hielt seinen Freund zurück. Geduckt in ein Gebüsch schauten sie nach vorn, was für ein Tier sich da wohl zeigen würde.

Es war nicht nur eines, sondern insgesamt acht kleine braun schwarz gestreifte Wildschweine, die gefolgt von der Bache den Weg überquerten. Nachdem sie weg waren fragte Pjotr „War das das

Schwein?" Peter wusste was sein Freund meinte und überlegte. Nach einer kurzen Weile sagte er „Vermutlich ja. Siehst du dort drüben den Baum?" und er zeigte auf eine knorrige Eiche „Da haben wir damals drauf gesessen." endete er und stand langsam auf. „Wir gehen aber lieber in die andere Richtung." sagte Pjotr und zeigte den Weg zurück. Peter nickte verstehend und legte dem Freund die Hand auf die Schulter. Schon wenig später tobten sie wieder über einen anderen Hang zum Fluss hinab.

Vor ihnen öffnete sich der Wald an der Straße und gab den Blick auf den breiten, aber flachen Fluss frei.

4. Kapitel

Ein Geschenk

Unmittelbar vor sich sah er einen großen Stein, der zur Hälfte im Fluss lag und so groß war, dass zwei Kinder bequem darauf sitzen konnten. Direkt links und rechts waren ein paar kleine Büsche. „Hast du schon mal geangelt?" fragte Peter und sein Freund schüttelte den Kopf. Schnell hatte der Junge mit seinem Messer einen Stock aus dem Gebüsch geschnitten und einen Strick, den er aus der Tasche gezogen hatte, daran gebunden. Sie setzten sich auf den Stein nebeneinander. Mit einem Schwung warf Peter den Strick in den Fluss und wartete. Nichts passierte. Alles blieb ruhig. „Brauchen wir da nicht einen Köder?" fragte Pjotr nach einer ganzen Weile des Wartens. Peter kratzte sich am Kopf und schaute auf den leeren Strick. „Woher einen bekommen?" fragte er, mehr sich selbst, als den Freund und schaute sich um. Er machte den Strick wieder ab und steckte ihn in die Tasche zurück.

Mit einem Sprung war er in dem knietiefen Wasser und suchte mit den Händen etwas in dem Fluss. Nach einer ganzen Weile zog er triumphierend die Hände wieder heraus und zeigte einen kleinen Krebs, den er unter einem Stein gefunden hatte. „Das ist aber kein Köder!" sagte Pjotr lachend „Aber etwas geangeltes." setzte Peter lachend dazu. Sie betrachteten den kleinen Krebs, der mühsam versuchte der Hand des Jungen zu entkommen. Vorsichtig setzten sie ihn wieder zurück ins Wasser und liefen dann lachend zu der Stadt zurück.

Die letzten zwei Wochen flogen nur so dahin und dunkel zeichnete sich schon der Moment ab, in dem sie Beide Abschied nehmen mussten, ob sie nun wollten oder nicht. Pjotrs Vater humpelte schon im Zimmer umher und der Arzt war mit dem Heilungsprozess sehr zufrieden. Nun musste Pjotr, in der Zeit in der Peter in der Schule war, seinem Vater beim Kontrollieren der Waren helfen. Die beiden zotteligen Pferde standen schon viel zu lange untätig im Stall der Wirtschaft und freuten sich schon, als der Junge sie, eines nach dem anderen, heraus führte, um mit ihnen einmal durch die Stadt zu gehen. Auch der Wagen musste kontrolliert werden, und da dies der Vater noch nicht machen konnte, blieb auch dies als Pflicht bei Pjotr.

Am Morgen des letzten Tages spannte Pjotrs Vater die Pferde vor den Wagen und die beiden Jungs verluden, mit ihm zusammen, die Waren aus dem Lager auf den Wagen. Alles wurde sorgfältig für die lange Fahrt verstaut und festgemacht. Als der Vater in die Gastwirtschaft ging, um die Rechnung zu begleichen, standen die beiden Jungs vor dem Wagen. Peter zog ein kleines Päckchen aus der Tasche und gab es seinem Freund. Der öffnete es und in einem kleinen Säckchen lagen die Hauer eines Wildschweins. „Sind das die von unserem Schwein?" fragte Pjotr, aber der Junge schüttelte den Kopf. „Nein, die hat mein Vater im letzten Jahr bei einer Jagd auf einen Keiler behalten dürfen. Ich habe ihn gefragt und er hat sie mir für dich gegeben" Pjotr steckte den Beutel ein und sagte „Ich habe auch was für dich." Dann kletterte er auf den Wagen und kam mit einer großen, in Stoff gepackten, Kiste zurück.

Gespannt wickelte Peter das Geschenk des Freundes aus. Als er die Kiste aufklappte, lag darin ein Messer, das fast so lang war wie sein Unterarm. „Das ist ja ein Schwert!" rief er überrascht aus. „Nur ein Jagdmesser." erklärte ihm sein Freund. „Ich habe was eingravieren lassen." setzte er hinzu. Als Peter das Messer aus der Scheide zog fiel sein Blick auf die fremden Zeichen. Nur das Jahr 1800 konnte er lesen. „Was bedeutet das?" fragte er schließlich. „Aus Dankbarkeit für deine Hilfe. Und das Jahr. Ich habe auch mein Wappen mit darauf setzen lassen." sagte Pjotr und zeigte auf das Symbol am Griff. Als Peter das Messer umdrehte musste er lachen „Und das Schwein ist auch mit drauf." sagte er. „Genau, aber den Baum, mit uns Zweien drauf, habe ich lieber weggelassen." setzte Pjotr, ebenfalls lachend, hinzu.

„Ich danke dir." sagte Peter, als Pjotrs Vater aus der Wirtschaft kam. Die beiden Jungen fielen sich zum Abschied um den Hals und der Vater sagte etwas in Russisch, das der Sohn schnell übersetzte „Ich danke dir, dass du meinen Sohn gerettet hast." übersetzte Pjotr und wurde bei der Übersetzung etwas rot im Gesicht. Dann half er seinem Vater beim Aufsteigen auf den Wagen. Die zwei Jungen gaben sich noch einmal die Hand, dann stieg auch Pjotr auf. Langsam setzte sich der Wagen in Bewegung und Peter winkte dem Freund noch lange nach.

Als der Wagen dann hinter der nächsten Wegbiegung verschwunden war, ging Peter langsam nach Hause. Das Messer trug er wie einen Schatz in der Kiste vor sich her. Zuhause angekommen zeigte er es dem Vater. Der prüfte das Messer und sagte „Das ist ein sehr gutes Messer, das dein Freund dir geschenkt hat und es wird dir sicher noch oft gute Dienste leisten. Passe gut darauf auf." „Das mache ich!" erklärte Peter und brachte die Kiste zu seinem Bett, wo er sie für alle sichtbar abstellte.

Nun streifte Peter wieder alleine durch den Wald. Überall, wo sie gewesen waren, vermisste er den Freund. „Wo der jetzt wohl war? Ob er noch in Leipzig, oder schon auf dem Weg in seine Heimat war?" fragte er sich oft. Langsam wurde alles grün in den Wäldern und der Frühling wich dem Sommer. Mitten im Sommer erhielt Peter einen Brief, den ihm ein Bote überbrachte. Schnell öffnete er das Siegel und las, dass sein Freund wieder gut in seiner Heimat angekommen war und was dieser auf seiner langen Reise alles so erlebt hatte. Auch die Anschrift für einen Brief hatte er mit aufgeschrieben und Peter machte sich am Abend daran eine Antwort an seinen Freund zu schreiben. Da er die Adresse nicht lesen konnte, malte er sie einfach Strich für Strich ab. Als er damit fertig war überlegte er sich, wie er den Brief nun an seinen Freund senden sollte. Mit dem Schriftstück in der Hand ging er zu seinem Vater.

Als der Vater einen Blick auf die Adresse geworfen hatte, sagte er „Das müssen wir über einen Boten machen. Ich werde den Brief nach Dresden schicken und von dort aus geht er dann mit einem Kurier nach Russland." Von diesem Tag an gingen eine ganze Weile jeden Monat ein oder zwei Briefe auf den weiten Weg in das ferne Land und auch die Antworten Pjotrs kamen genauso oft zurück.

5. Kapitel

Ein Abschied?

Sechs Jahre waren vergangen und man schrieb nun das Jahr 1806. Die beiden Jungs hatten sich noch ein paar Jahre lang Briefe geschrieben, aber irgendwann war dann der Kontakt abgebrochen. Peter war jetzt neunzehn Jahre alt und sein Vater bildete ihn zum Jäger aus, so dass er später einmal dessen Stellung einnehmen konnte, wenn der Vater sich zur Ruhe setzen würde. Im Wald konnte Peter schon lange niemand mehr etwas vormachen. Im Spuren lesen war er sogar besser wie sein Vater.

Auch im Schießen konnte ihm kein Ziel entgehen. Alles, auf das er schoss, traf er auch. Das Jagdmesser seines Freundes trug er immer am Gürtel. Zu Beginn des Sommers traf ein Melder in Uniform bei seinem Vater ein und überbrachte eine Nachricht. „Ich bin wieder zum Dienst zurückberufen worden." sagte der Vater, nachdem er die Nachricht gelesen hatte. Peter wusste schon, dass sein Vater als Reserveoffizier nie so richtig von der Armee losgekonntem war und nun tauschte der Mann seinen grünen Jägerrock gegen die weiße Uniform eines Kapitäns der sächsischen Linieninfanterie. Schon lange war diese Uniform im Schrank gewesen und Peter konnte sich nicht erinnern, dass der Vater sie einmal angehabt hatte.

„Willst du dich nicht auch melden?" fragte der Vater den Sohn, obwohl er wohl gesehen hatte, dass dies der Mutter ganz und gar nicht gefiel. Peter schaute die Frau an, die nun drauf und dran war Beide an die Armee zu verlieren. Peter überlegte eine ganze Weile, bis er dem Vater zustimmte und seine Sachen packten. Gemeinsam zogen die Beiden los in die Nachbarstadt, wo sie sich bei der Armee melden mussten. Die Mutter stand mit den Schwestern lange an der

Tür des Hauses und schaute mit Tränen in den Augen den beiden Männern nach, wie sie zu Fuß den Weg zur Stadt hinaus nahmen.

Nach etwas mehr als einer Stunde waren sie in der Nachbarstadt angekommen, wo sich der Vater sofort bei einem anderen Offizier meldete. Offenbar kannten sich die beiden gut, denn die Begrüßung war sehr herzlich und nicht so steif, wie es Peter von zwei Offizieren in Uniform erwartet hatte. Der Vater stellte seinen Sohn vor und sagte zu Peter „Das ist dein neuer Kompaniechef." Dann verabschiedete er sich von seinem Sohn und Peter war, nachdem er sich in das Buch der Kompanie eingeschrieben hatte, Soldat.

Ein Unteroffizier brachte Peter zu einem Haus, in dem er eine Uniform und seine ganze Ausrüstung erhielt. Nun hatte er die Uniform an und sein altes Leben lag weit hinter ihm. Schon wenig später wurde er über den Hof gescheucht, von einer Seite zur anderen und zurück. Antreten, in Linie aufstellen, marschieren, wurde geübt. Einige konnte es schon, aber viele waren neu, so wie Peter. Nach einem langen Tag gab es dann am Abend endlich eine Pause und etwas zu essen für die Männer. Nun hatte Peter auch die Möglichkeit sich mit den Anderen anzufreunden. Aus der ganzen Gegend waren junge Männer hier nach Döbeln gekommen und mit einem davon verstand er sich sofort gut. Karl war in seinem Alter und lag auch mit ihm auf derselben Stube.

Karl kam aus einem Nachbardorf von Peters Heimatstadt und der Mann wunderte sich, dass sie sich nicht schon lange irgendwo begegnet waren. Als Bauernsohn war er immer zum Markt in der Stadt gewesen und hatte seinem Vater geholfen, so wie Peter seinem Vater bei der Jagd geholfen hatte. Sie unterhielten sich eine ganze Weile bis sie von der ganzen Anstrengung des Tages ermüdet in ihr Bett fielen.

Ein lautes Hornsignal weckte sie am nächsten Morgen. Alles stürzte durcheinander, um so schnell wie möglich auf dem Platz zwischen den Häusern anzutreten. Die Älteren hatten ihren Platz schnell gefunden und die jüngeren Soldaten, die wie Peter erst einen Tag dabei waren, wurden von den Unteroffizieren schnell an ihren Platz dirigiert. Peter sah seinen Vater, der die Nachbarkompanie befehligte und den Offizier, der jetzt sein Offizier war. Alle standen angetreten und warteten. Die Zeit zog sich dahin. Die Unteroffiziere kontrollierten die Reihen und korrigierten die Uniformen der jungen Soldaten.

Bis auf die Unteroffiziere und die Offiziere war niemand bewaffnet. Die Offiziere hatten einen Degen an der Seite und die Unteroffiziere lange Spieße, die vermutlich mehr Rangabzeichen als wirkliche Waffe waren. Nachdem nun auch die Unteroffiziere an der Seite angetreten waren, kamen einige höhere Offiziere aus einem der Gebäude und kontrollierten die angetretenen Kompanien. Einer der Offiziere hielt danach eine kurze Ansprache und den Rest des Tages mussten die Soldaten wieder marschieren. Einzeln, als Kompanie oder auch alle zusammen in den verschiedensten Formationen und den unterschiedlichsten Geschwindigkeiten.

Noch bevor die Sonne am höchsten Punkt stand taten Peter die Füße weh, doch er hielt durch, im Gegensatz zu einigen anderen Soldaten. In der Hitze des Mittags kippten einige von ihnen einfach um und wurden in den Schatten gezogen. Immer weiter trieben die Unteroffiziere die Männer an und Peter kam es so vor, als ob sie auch immer schneller marschieren würden. Am Rande des Platzes standen ein paar der Offiziere und aus dem Augenwinkel heraus hatte er auch seinen Vater dort stehen sehen. Er wusste auch, dass sein Vater ihn bestimmt ebenfalls beobachten würde.

Als dann endlich der Marsch beendet wurde, merkte Peter erst, dass von den vielen die Frühs angefangen hatten nur noch ganz wenige zum Schluss noch dabei gewesen waren. Er stand mit Karl und noch zwei anderen fast alleine da, die anderen, die am Tag zuvor mit ihm angefangen hatten, waren alle nach und nach ausgefallen und lagen an der Seite des Platzes im Schatten.

Anerkennend klopfte ihm ein alter Unteroffizier auf die Schulter und Peter war über dieses Lob, das der Unteroffizier auch den drei anderen gab, mächtig stolz. Langsam gingen sie zuerst auf ihre Stube, um danach zum Essen zu schleichen. Er hätte die Stiefel nicht ausziehen sollen, denn es war eine Quälerei gewesen diese wieder über die geschwollenen Füße zu ziehen, als sie zum Essen heraustreten sollten. Karl hatte ihm helfen müssen. „Wieder was gelernt." dachte sich Peter, die Schüssel in der Hand und auf die Suppe wartend.

In dieser Nacht schlief er besonders fest und nicht mal ein Kanonenschuss hätte ihn wecken können. Sein Leben bei der Armee hatte gerade erst begonnen.

6. Kapitel
Die Braut des Soldaten

Peter war nun Soldat im 5. Linien-Infanterieregiment Prinz Maximilian. Und schon ein paar Wochen da, so dass er natürlich auch das Schießen lernte. Die Steinschlossgewehre, die die Soldaten aber benutzten, trafen auf fünfzig Schritt so gut wie gar nichts. Man hätte sich bedenkenlos neben die Zielscheibe stellen können und erst die Menge der Schüsse des ganzen Bataillons hätte für einen gefährlich werden können. Daher lernte auch keiner der Soldaten das Zielen. Es hätte sowieso nichts genützt. Nur die Schnelligkeit beim Laden und Schießen wurde trainiert.

Da er aber, als Jäger, gut schießen konnte, kam sein Unteroffizier auf ihn zu und fragte ihn, ob er einmal mit einer Büchse schießen wolle. Peter stimmte dem gern zu und, nachdem er sich mit dem Gewehr eingeschossen hatte, traf jede Kugel in ein kleines Fass, das mehr als fünfzig Schritt entfernt stand. Einer der Unteroffiziere nahm ihn zur Seite und erzählte „Ich bin der Korporal der Tirailleure. In jeder Kompanie gibt es acht Soldaten die vor den anderen ausschwärmen und gezielt auf den Gegner schießen, während die anderen nur ihre Kugeln in der Gegend verteilen. Möchtest du in meine Korporalschaft? Ich hab gesehen, dass du ein ausgezeichneter Schütze bist." „Gern" stimmte Peter zu und tauschte noch am selben Tag das alte ungenaue Steinschlossgewehr gegen die treffsichere Steinschlossbüchse ein. Von nun an war auch sein Schiesstraining ein anderes.

In der kleinen Gruppe war auch Karl, der ebenfalls ganz gut schießen konnte, obwohl er es noch nie zuvor geübt hatte, und so waren sie nun wieder zusammen auf ihrer Stube. Den ganzen Sommer über trainierten und übten sie, bis im September der Befehl zum Ausrücken gegeben wurde. In langen Kolonnen zogen die Soldaten durch das Land und die Kolonne wurde immer größer. Auch preußische und thüringische Soldaten sah Peter auf ihrem Weg. Die sich ihnen anschlossen. Das Gerücht machte unter den Soldaten die Runde, dass sich auch russische Soldaten ihnen anschließen würden und dass es gegen die Franzosen gehen würde. „Vielleicht werde ich ja Pjotr wieder sehen." dachte sich Peter „Was der wohl macht? Ist der auch in der Armee? Sicherlich." Sie zogen von einem Lager zum nächsten, aber außer marschieren passierte nichts.

Zusammen mit den preußischen Truppen bezogen sie ein Lager bei einer kleinen Stadt. Ein Bauer sagte ihm, dass es Schleitz sei, aber das half Peter überhaupt nicht weiter. Diesen Namen hatte er noch nie gehört. Sie bauten die Zelte für ihr Lager auf und das Essen wurde verteilt. Der Bauern erzählte weiter, dass er nicht weit entfernt Franzosen gesehen hatte, zwar nur ein paar, aber man sollte auf der Hut sein. Es wurden Wachen um das Lager aufgestellt und die gesamte Ausrüstung noch einmal überprüft.

Nun war es schon der 9. Oktober geworden und die sächsischen Truppen rasteten gerade, als Hornsignale alle alarmierten. Ein wildes, aber geordnetes Gewusel setzte im Lager ein. Schon nach wenigen Augenblicken waren alle angetreten und marschierten dem Feind entgegen. In Angriffsformation fingen die vereinigten Truppen den Angriff der Franzosen ab. Wie sie es geübt hatten, waren die Tirailleure zwischen den Kompanien eingesetzt gewesen. Aus allen möglichen Deckungen schossen sie auf den Feind. Aber auch die Franzosen benutzten diese Taktik. Der Kampf wogte hin und her. Im dichten Pulverdampf war schon bald nicht mehr auszumachen, wo welche Einheit stand. Nur die Fahnen, die nach oben herausragten, dienten als Orientierung für die Soldaten.

An den viele Staubfahnen sah Peter, dass die französischen Truppen Verstärkung bekamen, während bei ihnen schon alle im Gefecht standen. Diese eintreffende Reserve verschob das Gleichgewicht auf dem Schlachtfeld zuungunsten der sächsischen Truppen. Noch vor dem Abend hatten die Franzosen gewonnen. Erst jetzt, da sich der Pulverdampf gänzlich verzogen hatte, sah Peter die vielen toten Soldaten auf beiden Seiten im Grase liegen. Es waren sicher mehrere hundert auf ihre Seite und viele andere waren gefangen genommen worden.

Die kleine Gruppe um Peter hatte es geschafft einer Umklammerung zu entgehen, aber wohin sollten sie sich nun wenden. Nach Süden konnten sie nicht, da aus dieser Richtung die französische Verstärkung gekommen war, also wendeten sich die Truppen nach Norden, um auszuweichen. In einem kleinen Dorf sammelten einige Offiziere die versprengten Truppen, um sie wieder neu zu ordnen. Auch Peters Vater war mit dort und sie waren beide froh, dass sie sich so unverletzt wiedergefunden hatten. Peter ordnete sich mit seinen Schützen in die Kompanie seines Vaters ein, da sein Korporal gefallen war wurde nun Peter gleich hier zum Korporal befördert und führte nun die Reste der beiden Gruppen. Zum Glück hatte auch Karl das Gefecht unverletzt überstanden.

In den nächsten Tagen zog das gesamte Heer über Weimar in Richtung Jena. Auch diese Städte kannte Peer nur von den Postsäulen auf den Märkten, über die er kam. Am Abend des 13. Oktobers waren sie dann dort eingetroffen und erhielten von einigen Bauern etwas zu essen. Noch war kein Franzose zu sehen, aber die konnten sicher nicht weit weg sein. Am nächsten Morgen schlug starkes Kanonenfeuer von der Spitze eines Hügels auf die Truppen herunter. Peter versuchte mit seinen Männern so gut es ging eine Deckung zu beziehen, von der aus sie auf den Feind schießen konnten. Als die Feinde dann den Hang herunter stürmten, liefen sie in das Feuer der sächsischen und preußischen Gewehre. Lange hielten die Soldaten unten stand, doch das Kanonenfeuer zermürbte sie langsam. Kein Angriffsbefehl wurde gegeben, alle blieben dort stehen wo sie am Morgen schon gestanden hatten.

Es war ein furchtbares Gemetzel gewesen, es gab so gut wie keine Deckung vor dem Beschuss und von oben kamen immer mehr Franzosen den Hügel herunter. Für die sächsischen Soldaten gab es keinen Platz zum Ausweichen und als dann der Befehl zum Rückzug endlich doch gegeben wurde, waren viele Soldaten tot. Ein geordneter Rückzug wurde es nicht, die Soldaten konnten sich kaum vom Feind lösen und als es ihnen dann doch gelang, war es nur eine List der Franzosen gewesen. Die Reiter griffen die Soldaten an und nun war es eher eine ungeordnete Flucht. So schnell es ging, versuchte jeder den französischen Reitern auszuweichen und die Straße zurück zu gehen, die sie gekommen waren. Nur mit viel Glück überlebte Peter die Schlacht die mehr als zehntausend seiner Kameraden das Leben genommen hatte.

7. Kapitel
Befördert oder Bestraft?

Die Niederlage in der Schlacht von Jena hatte ihr Gutes und ihr Schlechtes gehabt. Einerseits war Sachsen nun, von Napoleons Gnaden, Königreich geworden, andererseits war die sächsische Armee nun Teil der französischen. Peters Vater war in der Schlacht, oder besser bei der Flucht davon, durch einen Reiter am Arm verletzt worden. Seitdem konnte er seinen linken Arm nicht mehr richtig benutzen, aber es hätte auch schlechter ausgehen können. Das Ganze war nun schon wieder fast drei Jahre her und Peter diente, nun als Korporal, immer noch in seinem Bataillon.

Bei einem Appell wurden alle Tirailleure aus den Kompanien heraus gezogen und an der Seite aufgestellt. Der Kommandeur verlaß eine Befehl, dass sie sich zu einem neuen Bataillon in Marsch setzen sollten. In der Stadt Weißenfels wurde aus den Tirailleuren des sächsischen Heeres das 1. leichte Infanterie Regiment gegründet, zumindest aus der Hälfte der Schützen, aus der anderen Hälfte wurde in Zeitz das 2. Regiment gebildet. Peter ließ nach dem Apell seine Korporalschaft alle Sachen zusammen packen und schon am nächsten Morgen machten sie sich auf den Weg.

Am Abend erreichten sie ihr Ziel und Peter meldete die Truppe bei seinem neuen Kommandeur an. Es dauerte eine ganze Weile, um aus den Einzelkämpfern, die sie ja alle waren, eine schlagkräftige Truppe zu bilden. Für sie stand nicht so sehr das Marschieren auf dem Plan, sondern das Schießen und Treffen. Schon bald tat sich Peter auch hierbei hervor. Seine Zielsicherheit blieb nicht verborgen und eines Tages beim Apell nahm ihn sein Kapitän zur Seite und fragte ihn, ob er nicht Offizier werden wolle.

Peter überlegte eine ganze Weile, einerseits reizte ihn das schon, andererseits musste er dafür seine Männer verlassen. Schließlich nahm er das Angebot des Offiziers an. Peter wurde zur Ausbildung geschickt und kam schon bald wieder zu seinen Schützen zurück. Im Gegensatz zur normalen Infanterie, wo die Offiziere nur Degen hatten, führten bei den Schützen auch die Offiziere ihre Büchse als Waffe. Hier, bei der leichten Infanterie, kam es mehr darauf an, was man konnte und nicht darauf, wen man kannte. Während die Offiziere der anderen Einheiten bei der Ausbildung meist nur zuschauten, mussten die Offiziere der Schützen genauso durch den Dreck und Staub gehen wie ihre Soldaten. Aber Peter mochte es genauso. Hier konnte er zeigen, was er wirklich konnte und das war das Schießen.

Von jetzt an hatte er auch das Messer seines Freundes ständig an seiner Seite. Bisher hatte er sich immer nach der vorgeschriebenen Ausrüstung richten müssen, doch bei der leichten Infanterie waren viele Dinge anders. Er hatte seinen Freund Karl zum Korporal gemacht und war nun der Vorgesetzte seines Freundes, doch daran störten sie sich nur, wenn ein offizieller Apell war, im Feld und bei der Ausbildung war das völlig egal. Nur Leute die nichts konnten, ließen den Offizier raus hängen und für solche Leute war bei den Schützen sowieso kein Platz. Die sollten lieben zur Garde gehen. Peter liebte das, was er hier tat und war mit vollem Einsatz jeden Tag dabei. Auch seine Vorgesetzten merkten dies und so war seine Entwicklung nicht mehr aufzuhalten. Schon im Jahr darauf war er Kapitän und Führer seiner Kompanie. Als einer der Offiziere ihm vorschlug in ein Linieninfanterie Bataillon zu gehen, wo er sicher auch noch Bataillonskommandeur werden könnte, lehnte er dankend ab. Das hier war alles, was er wollte und er wollte sich nicht selbst betrafen, indem er sich woanders hin befördern ließ.

Zunehmend wurde bei den Offizieren nun französisch gesprochen, sie waren ja auch ein Teil der französischen Armee, doch irgendwie sah das Peter etwas anders. Vielleicht war das auch der Grund dafür, dass er weiterhin Kapitän und Kompanieführer blieb, aber er hatte es sich ja genauso gewünscht gehabt. Im Frühjahr des Jahres 1812 war er nun immer noch in seiner Schützenkompanie der Kompanieführer, als eine allgemeine Mobilmachung des Heeres aufgerufen wurde. Die Ausbildung wurde verstärkt und Peter versuchte seinen Leuten so gut es ging die Geländeausnutzung beizubringen. Als Jäger hatte er schon lange ein Auge für die entsprechenden Deckungen gehabt und das versuchte er nun auch bei seinen Leuten anzubringen.

In kleinen Gruppen zogen sie durch den Wald und versuchten Positionen zu finden, aus denen heraus sie gut schießen konnten, aber kein großes Ziel für die Gegner boten. Immer besser wurden seine Männer und die Gerüchte verdichteten sich immer mehr, dass Napoleon gegen Russland in den Kampf ziehen würde. Peter dachte an seinen Freund in dem fernen Land und wollte eigentlich nicht mit dorthin, doch andererseits hatte er schon lange vor gehabt dieses Land zu besuchen, das er ja nur aus den Briefen von Pjotr kannte. Würde er den Freund dort treffen? Vielleicht schloss sich ja Russland nach einem Sieg Napoleons auch an Frankreich an, so wie es Sachsen damals gemacht hatte.

Peter hatte das französische Heer gesehen und er konnte sich nicht vorstellen, dass es ein Heer gab, das diesem etwas entgegen zu setzen hatte. Fast ganz Europa hatten sie schon erobert und bis auf die Tatsache, dass sie Dresden immer noch besetzt hielten, war es gar nicht so schlimm für die Sachsen. Die Menschen konnten gut leben und auch ihr König, ihr oberster Befehlshaber, hatte zugestimmt, sein Heer mit in das ferne Land zu senden.

Aus allen Teilen Sachsens wurden nun die Soldaten zum Sammelpunkt in Marsch gesetzt. Nach und nach trafen sie alle in der Nähe der kleinen Stadt Guben ein. Es war ein ganz schönes Gewimmel dort. Tausende von Pferden und Soldaten waren versammelt und jeden Tag trafen Geschütze ein, bis es mehr als fünfzig waren. Obwohl es ja noch Winter war, lebten sie in Zelten, die aber beheizt wurden. So viele Zelte und so viele Männer.

Jeden Tag beim Appell waren es mehr, die unterschiedlichsten Uniformen waren zu sehen. Reiter, Garde, Infanterie und Schützen, Artillerie und Pioniere waren vertreten. Stroh und Heu wurde wagenweise jeden Tag für die tausende Pferde heran geschafft. Vorräte und Pulver wurden gelagert. Im März machten sich dann mehr als zwanzigtausend sächsische Soldaten auf den Weg in Richtung Russland. Es war ein fast unüberschaubar langer Zug aus Männern, Wagen und Pferden.

8. Kapitel
Ein weites Land

Von Horizont zu Horizont reichte der Zug der Soldaten. Sie waren nun schon zwei Wochen unterwegs und hatten noch nicht mal die halbe Strecke geschafft. Langsam wurde es Frühling und die sächsischen Soldaten zogen durch Polen, dass ja auch mal ein Teil von Sachsen gewesen war, zumindest hatten beide Länder mal einen gemeinsamen Herrscher gehabt, als Kurfürst August der Starke auch König von Polen gewesen war. Jeden Abend schlugen sie das Lager auf und jeden Morgen zogen sie weiter. Tagein, tagaus nur weites flaches Land.

Einige Seen und Flüsse mussten sie passieren und ein paar auch überqueren. Die Pioniere mussten ein paar Brücken bauen und einige schon vorhandene verstärken, damit auch alle Geschütze sicher auf die andere Seite gelangen konnten. Die Brücken mussten auch so stabil sein, dass sie dem noch folgenden Teil des Heeres standhalten konnten und nicht den Vormarsch Napoleons schon in Polen aufhielten.

Jetzt wusste Peter, warum sie immer so viel marschieren mussten, als sie noch in Döbeln und Weißenfels geübte hatten. Die Straße zog sich endlos durch das Land. Ab und zu war mal ein kleines Wäldchen zu durchqueren. Zusammen mit ihnen war auch ein Teil des Trosses der französischen Armee aufgebrochen. Tausende von Fuhrwerken und eine unendliche Anzahl von Pferden zogen mit ihnen. Auch auf einigen Flüssen zogen Pferde Lastkähne mit Verpflegung in Richtung Osten.

Wenn Peter das hier so überschaute, so dachte er, dass dies hier sicher schon im Voraus eine gewaltige Planung bedurft hatte. So viele Pferde, wie er hier auf den Straßen sah, hätte es in ganz Sachsen vermutlich nicht gegeben. Alles wurde mit Pferden bewegt. Die Organisation des Transportes war ebenfalls eine logistische Herausforderung. Alle Männer mussten verpflegt werden und auch das Futter für die Pferde musste mit Pferden nach vorn gebracht werden.

An manchen Kreuzungen wurden Posten aufgestellt, die Regeln mussten, welcher der Züge zuerst die Kreuzung passieren durfte. Die französische Gendarmerie war unerbittlich und fluchte oft, wenn wieder ein Fuhrwerk irgendwo liegen blieb. An einer Kreuzung mussten Peter und einige seiner Soldaten mit anpacken und einen Wagen von der Straße schieben, dem ein Rad gebrochen war. Es war einer der Sanitätswagen, die zur Versorgung der Verwundeten und Kranken mitgenommen wurden. So etwas hatte Peter ebenfalls noch nie gesehen. Bisher musste sich der Soldat immer auf das verlassen, was er in der Tasche hatte und jetzt fuhren ganze Wagen mit medizinischen Gerät und Vorräten hinter den Soldaten her.

Im Mai hatten sie endlich den Platz erreicht, an dem sich das Heer sammeln sollte. Nun galt es das Lager vorzubereiten und Vorräte aus der ganzen Gegend zusammen zu holen. Zelte wurden errichtet und alles musste bewacht werden. Sorgfältig wurde die Ausrüstung des sächsischen Teiles des Heeres verstaut und gewartet. Die Soldaten bewohnten nur einen kleinen Teil des gewaltigen Platzes. Wenn sie am Ende wirklich den ganzen Platz brauchen würden, wäre es ein gewaltiges Heer, das dann hier sein würde.

Appelle und Übungen sorgten dafür, dass keine Langeweile während des Wartens aufkommen konnte. Während sie in Polen warteten und übten, hielt Napoleon in Dresden einen Fürstentag ab. Danach machte er sich mit rund einer halbe Million Soldaten auf den Weg. Die zwanzigtausend Soldaten die schon da waren bildeten schon ein großes Heer, doch als Peter sah, wie viele Soldaten jetzt noch hinzu kamen, verschlug es ihm fast den Atem.

Die ganze Ebene wimmelte von Soldaten und Pferden und das frische grün des jungen Sommers war unter den Stiefeln und Hufen schon nicht mehr zu sehen. Dies hier war die gewaltigste Armee, die es bis dahin in Europa gegeben hatte. Bis zum Abend des 22. Juni bezogen sie alle das Lager und einige Offiziere ritten zusammen mit Napoleon zum nicht weit weg gelegenen Fluss Memel, welcher der Grenzfluss zu Russland war.

Als sich an diesem Abend die Dämmerung über das Lager legte setzte sich Peter zu Karl und seinen Leuten an eines der Feuer. Es würde die vorerst letzte Nacht im Frieden sein, alle wussten dies und darum zogen schwermütige Lieder durch das Lager. In vielen Sprachen sangen und erzählten die Soldaten. Aus fast allen Teilen Europas waren hier Männer dabei. Auch Peter stimmte in eines der alten sächsischen Lieder ein, es war schon sehr alt und kam vermutlich aus Zeiten des dreißigjährigen Krieges. So lange würde dieser Krieg hier hoffentlich nicht dauern.

Zu Weihnachten wollte er wieder zu Hause sein. Eine seiner Schwestern wollte im Herbst heiraten. Er fragte sich, ob er da wohl schon wieder zuhause sein würde? Peter schaute nach Westen zu seiner Familie, dann stand er auf und ging ein Stück bis zu einer der Koppeln, wo die Pferde für die Nacht untergestellt waren. Ein zierliches französisches Reitpferd stand direkt vor ihm und er legte seine Hand auf die Nase des Tieres. In einem Baum über sich hörte er etwas rascheln und das Pferd scheute, dann flog ein Käuzchen laut rufend über ihn hinweg. Das war kein gutes Zeichen. Schon immer war das Käuzchen als Totenvogel bekannt gewesen und nun, gerade an diesem Abend, hier auf dieses Tier zu treffen, war nicht gut.

Peter scheuchte alle Gedanke von sich, er schaute noch einmal nach Osten, dahin, wo am nächsten Morgen die Sonne aufgehen würde, und dahin, wo sie alle ziehen würden, und ging dann zum Lager zurück. Mit Karl zusammen scheuchte er seine Leute in die Zelte. Sie sollten ausgeruht sein, wenn es losging. Auch er ging in sein Zelt, aber er konnte lange nicht einschlafen. Das Käuzchen ging ihm nicht mehr aus dem Sinn. Er setzte sich auf und kontrollierte noch einmal seine Ausrüstung, wie sicher hunderte Male zuvor. Alles war in Ordnung. Er nahm das Messer des Freundes, das jetzt neben seinem Bett lag, in die Hand und fuhr mit den Fingern über die Schrift. Zwölf Jahre war das nun schon wieder her.

Er stand auf und setzte sich, das Messer immer noch in der Hand, vor das Zelt. Er setzte sich so, dass er nach Osten schauen konnte und in Gedanken redete er mit seinem Freund. Wie es ihm wohl ging, was er so machte. Dann ging er wieder zurück, nun konnte er auch schlafen. Es war nicht mehr viel Zeit, denn schon am nächsten Tag sollte das gesamte Heer den Fluss überqueren und nach Russland ziehen.

9. Kapitel

Gewitter, Schlamm und Mücken

Am Morgen hatten sie auf einer Brücke den Fluss überquert und nun waren sie in Russland. Das Land sah genauso aus, wie das, woher sie gerade gekommen waren. So schnell sie konnten marschierten sie durch das Land und versuchten Feinde zu finden. Es waren bloß keine da. Ein paar vereinzelte russische Dörfer und ein paar Bauern, aber keine Soldaten. Nicht ein Schuss wurde abgefeuert an diesem Tag.

Am Abend zog sich der Himmel zu. Es wurde pechschwarze Nacht, noch lange vor Sonnenuntergang. Dann brach das Gewitter auf sie herunter. So als ob Gott sie für den Überfall bestrafen wollte und eine neue Sintflut schickte. Mit Blitz und Donner setzte ein Regenguss ein, wie ihn Peter noch nie erlebt hatte. Das Gewitter blieb, der Regen fiel, tagelang gab es nur Wasser von oben auf sie herab.

Der Boden weichte auf und alle Fuhrwerke blieben stecken. Die Pferde und die Kanonen kamen nicht vorwärts. Immer schneller liefen die Soldaten, nur raus aus dem Regen, aber der blieb weiter über ihnen und hörte nicht auf. Verzweifelt versuchten alle Pulver und Tabak trocken zu halten, doch es ging nicht. Hätte sie jetzt eine Reiterhorde mit Pfeil und Bogen angegriffen, so hätten sie sich nicht mal dagegen wehren können.

Der Abstand zwischen den vorn marschierenden Soldaten und den hinten im Schlamm steckenden Vorräten wurde immer größer. Bei seinen Leuten und bei Peter machte sich der Hunger breit. Brot wurde mit Pferden nach vorn gebracht und sofort gierig verschlungen. Da die Soldaten anfingen Wasser aus den Flüssen und Bächen zu trinken, setzte bei vielen Ruhr und Durchfall ein.

Ohne dass sie bisher auf einen Feind getroffen waren, hatte Peter schon die ersten Toten durch die Krankheiten in seiner Einheit. Dann hörte der Regen mit einem mal auf. In den schlammigen Tümpeln begannen sich die Mücken zu vermehren und schwärmten zu Millionen aus, um Blut zu finden. So, wie es vorher nass gewesen war, so wurde es nun trocken. Es wurde immer heißer und das einzige Wasser gab es in den Schlammtümpel.

Peter befahl das Wasser abzukochen, doch es war schon zu spät für die meisten Soldaten. Vom Hunger geschwächt starben die Soldaten zu hunderten an der Ruhr. Der Regen hatte auch das Korn der Bauern zerstört, das man den Pferden hätte geben können. Nun fingen die Pferde an zu verhungern. Zu tausenden lagen tote oder sterbende Pferde an den Seiten des Weges. Einige Soldaten begannen die Häuser der russischen Bauern abzudecken und das Stroh der Strohdächer an ihre Pferde zu verfüttern.

Sie waren noch keinen Monat hier in Russland und hatten schon fast ein Fünftel ihrer Soldaten verloren. Und davon kaum einen durch eine feindliche Kugel.

Etwa hundert Kilometer weiter Ostwärts hatte Pjotr mit den gleichen Problemen zu kämpfen, wie Peter. Seine Soldaten waren schon seit Tagen auf dem Rückzug, der den Generälen nicht schnell genug gehen konnte. Tag und Nacht marschierten sie, den Regen hatten sie überstanden und bei der Durchquerung durch die reißenden Fluten eines Flusses hatte er ein paar seiner Soldaten verloren. Sie waren einfach abgetrieben worden und er konnte sie nicht halten.

An einem schnell gespannten Seil waren sie dann doch noch fast alle an das andere Ufer gelangt. Bei jedem Schritt schmatzten die Stiefel im Schlamm. Jeder Schritt wurde zu einer Herausforderung und zehrte an den Kräften. Obwohl Pjotr entfernt mit Zar Alexander verwandt war, ließ er nicht zu sehr den Vorgesetzten heraus, sondern versuchte, ähnlich wie Peter auf der anderen Seite, Verständnis mit seinen Männern zu haben. Vor dem Krieg wären sie sich wahrscheinlich nur selten begegnet, doch jetzt marschierten sie Seite an Seite. Nur die bessere Uniform zeigte den Offizier und unterschied ihn von den einfachen Soldaten an seiner Seite.

Die hundert Kilometer, die die Freunde nun trennten, waren für sächsische Verhältnisse viel, aber hier in Russland war das die normale Entfernung zwischen zwei größeren Dörfern. Seine Soldaten waren fast alle Bauern und die Entfernungen gewohnt, aber in diesem Sommer waren die Verhältnisse einfach nicht so, wie in jedem anderen Sommer. Eine Ernte würde es in diesem Jahr sicher nicht geben, erstens waren ja fast allen Bauern in der Armee und zweitens hatte der Regen das ganze Korn einfach niedergedrückt.

Pjotr hatte in den Augen seiner Soldaten den Zorn über diesen Rückzug gesehen, aber auch, dass manch einer kurz in ein Feld gegangen war, um das Korn zu prüfen. Die Bauernseele konnte einfach nicht abschalten. Korn war Korn und die Bauern machten sich immer Sorgen um die Ernte. Wenn es hier schon so aussah, dann sah es auf ihren Feldern sicher genauso aus. Die zotteligen russischen Kaltblutpferde kamen besser mit dem Wetter zurecht als die zierlichen französischen. In seiner Kompanie hatte Pjotr auch keinen Wagen sondern er nutzte bäuerliche Zugschlitten, die versanken auch nicht mit den Rädern im Schlamm, weil sie gar keine hatten.

Auf den drei Schlitten hatte er die erkrankten Männer abgelegt und auch die Verpflegung, die mehr als spärlich war, wurde darauf transportiert. Seine Soldaten waren aber die kärgliche Verpflegung seit Jahren gewohnt und so machte ihnen das nicht so viel aus. Irgendwann mussten sie doch aber mal diesen Rückzug beenden und angreifen. Zahlenmäßig war die russische Armee viel größer als die französische, die Soldaten waren aber über das ganze Land verteilt, und das konnte dauern, bis die aus Sibirien hier im Westen sein würden. Eigentlich kam die Verstärkung auf diese Art Pjotr entgegen und das stimmte den Offizier wieder etwas froh.

Nach dem Regen kamen die Hitze und der Durst, aber solange der Wodka nicht ausging, mit dem man jedes Flusswasser sofort genießbar machen konnte, hatten sie kein Problem. Der Wodka hob auch noch die Stimmung der Soldaten und so konnte es sein, das der eine oder andere ein altes Bauernlied anstimmte und alle während des Marsches mit ein stimmten. Endlos weite Landschaften mussten sie durchqueren, bis sie von einem breiten Fluss gestoppt wurden.

Hier würden sie, nach dem Plan ihrer Generäle, auf den Feind warten. Und natürlich auch auf die Verstärkung. Durch die einsetzende Hitze war der Fluss aber höchstens noch Hüfttief. Pjotr stand am Ufer des Flusses und schaute hinein. Sollten sie hier wirklich den Feind erwarten? Die Franzosen hätten ja ohne Problem hindurch waten können, um ihnen in den Rücken zu fallen.

10. Kapitel

Vorwärts!

Eigentlich sollten hier an diesem kleinen Fluss schon lange Verteidigungsstellungen und eine Festung errichtet sein, aber es war fast nichts vorhanden und das, was es gab, war durch das in der Hitze fehlende Wasser nicht zu verwenden. Nach einer kurzen Pause und ein paar Tagen zum Ausruhen zog Pjotr mit seiner Kompanie deshalb weiter. Immer wenn er marschierte dachte er an seine Frau und die drei Kinder, die er in Sankt Petersburg hatte zurücklassen müssen, als er zu den Waffen gerufen wurde. Wenn sie dann mal Pause machten, so rief er seinen Burschen Iwan, und ohne nachzufragen kam der mit dem Bild von Pjotrs Familie zu ihm gelaufen.

Iwan war bereits sehr lange bei ihm, schon fast zehn Jahre. Zuerst nur als Diener, aber mit der Zeit war er fast so etwas wie ein Freund geworden. Pjotr hatte ihn aus der Leibeigenschaft eines Grafen heraus gekauft, mit dem Geld, das er in Sachsen und Preußen bei den Handelsreisen mit seinem Vater verdient hatte. Iwans Frau lebte jetzt bei Pjotrs Frau und war deren Kindermädchen und Dienerin. Wenn Pjotr an seine Olga und die drei Mädchen dachte, legte sich ein wehmütiger Zug über sein Gesicht. Solange sie dort in Norden auf ihrem Landsitz blieben, waren sie sicher.

So wie es bisher aussah, war Napoleons Hauptrichtung Moskau. Vermutlich wollte er den Zaren dort zu Verhandlungen zwingen, so wie er es schon früher mit anderen Ländern und Königen gemacht hatte. Wenn das so weiter ging, konnte das nicht mehr lange dauern. Moskau war nicht mehr so weit weg und hinter sich konnte Pjotr dunkle bedrohliche Rauchfahnen erkennen. Diese Gegend kannte er durch seine Handelsreisen mit dem Vater sehr gut. Früher waren sie oft in der umgekehrten Richtung, über Minsk und Warschau, nach Sachsen gefahren. Minsk lag nun schon lange hinter ihm.

Auf der anderen Seite rannte das gesamte französische Heer den Russen hinterher. Napoleon hatte sicher mit einem Blitzsieg gerechnet, Doch das russische Heer stellte sich keinem Kampf, es wich aus und zog das französische Heer hinter sich her, weiter in das tiefe Land hinein. Auf dem Weg kam es nun verstärkt zu Gewalttaten. Wer damit angefangen hatte, konnte nicht geklärt werden, doch Peter vermutete, dass hungrige Soldaten die Dörfer ausgeplündert hatten und die Bauern sich gewehrt hatten.

Viele der Bauern zogen sich in die Sümpfe zurück und griffen von dort aus, zusammen mit Kosaken, die Nachschubwege des Heeres an. Immer mehr Soldaten mussten die ohnehin wenigen Wagen bewachen. Die Angriffe der Kosaken waren bei allen Soldaten gefürchtet. Da sie nicht dem russischen Heer angehörten, sondern mehr als private Truppe ihre Feldzüge durchführten, machten sie auch keine Gefangenen. Wer in die Hände der Kosaken fiel, der war des Todes, egal ob verletzt oder nicht.

Durch die anhaltente Trockenheit gerieten auch die ersten Felder in Brand. Ob sie nun absichtlich von den russischen Bauern angesteckt, oder aus Versehen von den französischen Truppen entzündet wurden, war egal. Dichter schwarzen Rauch zog über die Wege und Peter musste sich ein Tuch vor den Mund binden, um den Ruß fern zu halten. Der Rauch brannte in seinen Augen.

Das fehlende Wasser führte zu riesigen Flächenbränden. Nur schwarze, verbrannte Erde blieb zurück. Rauchende Dörfer dazwischen und getötete Bauern, die man zur Abschreckung der Kosaken in den Dörfern aufgehängt hatte. Das verstärkte aber erst richtig die

Wut der einfachen Menschen hier in Russland. Peter konnte sich nicht vorstellen, dass nach all diesen Gräueltaten auf beiden Seiten noch ein normales Zusammenleben nach diesem Krieg möglich sein würde.

Bei jedem Pferdegetrappel gingen sie sofort in Abwehrstellung. Die eigene Kavallerie hatte schon kaum noch Pferde und meist waren es die Kosaken, die aus der Deckung kleiner Wäldchen heraus die Flanke oder den Rücken des Heeres angriffen. Die Kosaken plünderten die Nachschubtransporte, so dass vorn fast gar keine Verpflegung mehr ankam. Die Soldaten besorgten sich die Nahrung daher von den Bauern und dies trieb noch mehr von ihnen in die Wälder und Sümpfe.

Eine Spirale der Gewalt setzte sich in Bewegung, der sich niemand, egal ob Russe, Franzose oder Sachse, entziehen konnte. Die Gewalt richtete sich zu Teil aber auch gegen sich selbst. Einige Soldaten wählten den Freitod, andere Desertierten und zogen danach als marodierende Banden durch die ohnehin ausgeplünderte Gegend. Wurden sie gefangen so erschoss man sie sofort. Da die Verpflegung schon für das Heer nicht reichte wurden auch gefangen genommene Soldaten kaum verpflegt. Einige französische Einheiten begannen, ähnlich wie die Kosaken schon zuvor, keine Gefangene mehr zu machen und alle, die sich ihnen ergaben, egal ob verletzt oder nicht, zu erschießen.

Bisher hatte Peter schon die Hälfte seiner Leute verloren. Die kleine Schar schrumpfte mit jedem Tag mehr zusammen. Es war brütend heißer Hochsommer und sie stapften durch den Staub des Landes. Vor und hinter sich nur Verwüstungen und verbrannte Erde. Ein paar verkohlte Baumstümpfe ragten wie Mahnmale aus der Steppe heraus.

Der Hunger wurde immer schlimmer und die Soldaten begannen die am Wegesrand liegenden Pferdekadaver auseinander zu nehmen und zu kochen, auch wenn einige davon schon ein paar Tage in der Gluthitze des Sommers dort gelegen hatten. Das Verbandsmaterial war schon lange ausgegangen und man versuchte kleiner Wunden mit abgerissenen Stoffstreifen der Uniform zu verbinden. Wer ernsthaft erkrankte hatte kaum eine Überlebenschance. Zum einen waren die Abwehrkräfte der ausgehungerten Männer nur noch schwach und zum anderen gab es keine Medikamente mehr.

Am Allerschlimmsten traf es aber Frauen und Kinder, die im Tross ihren Männern und Vätern folgten. Sie waren zwar nahe an der Verpflegung, aber hier wüteten die Krankheiten am schlimmsten. Läuse und Typhus setzten allen so sehr zu, dass nur wenige der größeren Kinder dies überlebten. Entlang der Marschwege entstanden die ersten Massengräber. Egal ob Freund oder Feind, Mann oder Frau, alle wurden eilig dort verscharrt, um die Krankheiten so weit wie möglich einzudämmen.

Und immer noch lautete das Kommando nur noch: Vorwärts! Ohne Rücksicht auf die Verluste rückte Napoleon vor. Ende Juli war sein Heer auf die Hälfte zusammen geschrumpft. Die zivilen Opfer wurden nicht gezählt, waren aber sicher schon mehr als eine halbe Million Menschen.

Anfang August erreichte die Kompanie von Pjotr Smolensk. Nun war der halbe Weg nach Moskau für Napoleon geschafft. Weiter wollten die Russen aber nun nicht mehr zurückweichen. Hier in dieser Stadt wollten sie den Feind endlich stellen.

11. Kapitel

Verbitterte Kämpfer

Hier in Smolensk, der alten Festung, wollten sie nun endlich den Feind zur Entscheidung zwingen. Schon viel zu lange waren sie zurück gewichen Die beiden russischen Westarmeen hatten sich endlich vereinigt, aber die Befestigungen der Festung Smolensk waren in keinem guten Zustand. Selbst Pjotrs Soldaten schüttelten den Kopf, wenn sie sich ansahen aus welchen Stellungen sie kämpfen sollten.

Die Kompanie von Pjotr wurde auf den alten Festungsanlagen zur Sicherung eingesetzt. Von der Mauer herunter musste er zusehen, wie Teile der Armee gegen den Feind auszogen. Genau wie alle seine Leute brannte er darauf, es den Eindringlingen endlich zu zeigen. Doch nun stand er hier und sah wie die Soldaten dort nach Westen, dem Feind entgegen, zogen.

Da Smolensk eine wichtige russische Nachschubbasis war, war die Versorgung seiner Soldaten zum ersten Mal wieder gesichert. In den Lagerhäusern war die Verpflegung und Pulver gelagert und diese sollten sie sichern. Iwan besorgte schon am ersten Tag reichlich Fleisch, das sie in ein paar alten Töpfen sofort kochten. Der Duft von Suppe zog durch die Stellungen und lies den ausgehungerten Soldaten das Wasser im Mund zusammenlaufen.

Eine Woche lang bewachten sie die Festung, während weit im Westen Artilleriefeuer zu hören war, dann kamen die Soldaten zurück und zogen links und rechts der Stadt vorbei. Sie positionierten sich hinter der Stadt und es dauerte noch lange bis die Truppen Napoleons ihnen gefolgt waren. Nun zog sich ein Teil des russischen Heeres wieder zurück. Pjotr schaute ihnen nur noch hinterher, während sie die Stadt zu verteidigen versuchten und den Feind so lange aufhielten, bis sich die Truppen wieder gesammelt hatten.

Starkes Kanonenfeuer setzte ein und überall in der Stadt brachen Brände aus. Mitten in der Nacht gelang es den schweren Geschützen der Franzosen schließlich Brechen in die Mauern der Festung zu schießen. Die Stadt war nun nicht mehr zu halten. Sich gegenseitig sichernd zog die kleine Kompanie durch die Trümmer Smolensks und zündete die verbliebenen Lager an, die sie nicht mitnehmen konnten. Vor Sonnenaufgang verließ Pjotr, als letzter seiner Kompanie, die Stadt. Er dachte daran, dass es der 18. August war, der fünfte Geburtstag seiner Tochter Irina. Er hätte ihr gern ein anderes Geschenk gemacht, als so einen schmählichen Rückzug. Vor Wut hatte er Tränen in den Augen, doch es half nichts, hier war nichts mehr zu retten.

Jetzt mussten sie sich beeilen, denn die französischen Truppen waren unmittelbar hinter ihnen durch die Stadt gezogen. Nach weiteren zehn Tagen des schnellen Marschierens waren sie nur noch etwas mehr wie hundert Kilometer vor Moskau, hier nun endlich bei einem kleinen Dorf namens Borodino wollten sie den Vormarsch Napoleons endgültig stoppen. Das Gelände war hügelig und mit vielen Sträuchern bewachsen, ideal für seine Schützen, dachte sich Pjotr.

Der Herbst war in vollem Gange und das Grün der Blätter begann sich in alle möglichen Farben zu verwandeln. Eigentlich eine schöne Zeit, dachte Pjotr, wenn nicht dieser Krieg hier wäre. Keinen Schritt weiter hatte er seinen Soldaten eingeschärft und alle stimmten ihm zu. Mütterchen Russland verlangte es so! Auf einer Anhöhe waren Festungsanlagen und Geschützstellungen angelegt worden. Pjotrs Platz würde links davon sein. Seine Kompanie sollte, zusammen mit anderen Soldaten, das Umgehen der Festung verhindern und er war entschlossen, dies mit aller Kraft sicher zu stellen.

Bereits am 5. September war es zu Kämpfen um eine vorgelagerte Schanze gekommen, Peter hatte das Kanonenfeuer gehört, seine Kompanie war aber an der Eroberung nicht beteiligt, da sie zu weit südlich marschierte. Zwei Tage später war das ganze Heer versammelt und bereitete sich auf eine erneute Schlacht vor. Am 7. September ließ er seine Kompanie antreten und verlaß eine Befehl Napoleons. Sinngemäß sagte der nur aus: Ihr müsst hier Siegen, damit ihr was zu essen und ein warmes Lager im Winter bekommt, und das machte er seine Leuten auch ausdrücklich klar.

Noch vor Sonnenaufgang begannen die französischen Kanonen die Mitte der russischen Verteidigung unter Beschuss zu nehmen. Seltsamerweise konnte Peter kaum noch französische Uniformen sehen. Ein bunt zusammengewürfeltes Heer stand hier und die Franzosen, vor allen die alte Garde, waren in der Reserve hinter den Linien zusammen gezogen worden. Die verbündeten Truppen, die nun hauptsächlich aus Deutschen und Polen bestanden, rückten überall vor und wurden in der Mitte durch Kanonenfeuer aus der russischen Verteidigung sofort wieder gestoppt. Das Kartätschen- und Schrapnellfeuer der Geschütze auf diese kurze Entfernung richtet verheerende Verluste in den Reihen der Soldaten an. Links und rechts kamen die Truppen aber gut voran.

Peter rückte mit seiner Kompanie auf der rechten Seite entlang einer Straße vor. Das Gelände war unübersichtlich und es kam zu Nahkämpfen auf kürzeste Entfernungen. Die Kämpfe waren sehr heftig und verlustreich. Unter Aufbringung aller Kräfte besetzten sie eine russische Geschützstellung und drehten die Kanonen um. Von dort aus feuerten sie nun auf die Geschützstellung in der Mitte. Immer wieder mussten sie russische Gegenangriffe abwehren und zurückschlagen. Das dicht bewachsene Buschwerk ließ keinen weiten Blick zu. Es wurde immer weiter auf kürzeste Entfernung gekämpft. Peters Schützen hatten dort den Vorteil der treffsicheren Büchsen, doch auch die russischen Schützen benutzten in diesem Gelände dieselbe Strategie.

Ab 10 Uhr lösten sich alle Strukturen auf. Viele Kompanien hatten aufgehört zu existieren. Im dichten Buschwerk wurde nur noch Mann gegen Mann gekämpft und mit Artillerie sich gegenseitig beschossen. Im dichten Rauch war Freund und Feind kaum noch zu unterscheiden. Die grünen Uniformen der Russen sahen fast genauso aus wie die Grünen der sächsischen Schützen. Starre Linien gab es keine mehr und Fahnen schon gar nicht. Peter schoss auf alles was sich vor ihm bewegte und alle seine Soldaten taten es ihm nach. Immer weitere Frontalangriffe, im Kampf Mann gegen Mann, brachten die französischen Truppen Schritt für Schritt vorwärts. Als am Abend die Schlacht entschieden war und Peter seine Kompanie antreten lies hatte er noch fünf Männer.

Die Russen zogen sich langsam zurück, aber als Peter sah, wie viele Soldaten tot vor und in den Stellungen in der Mitte lagen, war er sich nicht ganz sicher, wer diese Schlacht wirklich gewonnen hatte. So wie es aussah hatten die Russen genauso viele Soldaten verloren wie die Verbündeten. Allerdings hatten die Verbündeten kaum noch Pferde. Die Kavallerie war jetzt gezwungen zu Fuß zu gehen, doch der Weg nach Moskau war nun frei.

12. Kapitel
Auf der Flucht

Am Morgen des folgenden Tages machte sich Peter auf, um Karl im Lazarett zu besuchen. Er hatte in der Schlacht einen Schuss ins Beim bekommen und war danach zurück gehumpelt. Schon vom weiten konnte Peter die vielen Verletzten liegen sehen. Aus Mangel an Zelten lagen die meisten auf dem Gras. Einige Ärzte teilten die Verwundeten in zwei Gruppen ein, leicht Verletzte, denen sie noch helfen konnten, und schwerer verletzte, die sie zum Sterben an den Rand legten.

Alle die nicht an Arm oder Bein verletzt waren landeten automatisch in der Gruppe der schwer verletzten. Aus dem Fehlen von Material heraus konnte ihnen fast gar nicht geholfen werden. Die Kugeln der Steinschlossgewehre und die Schrapnells der Kanonen sorgten für verheerende Verletzungen und meist war nur noch eine Amputation möglich. Als Peter das Lazarett erreichte, lag ein Geruch von Blut und verfaulenden Fleisch in der Luft. Eigentlich wollte er sofort wieder weg, aber nicht weit vom Eingang sah er Karl liegen. Auch ihm war das Bein amputiert worden. Noch am Nachmittag sollte er mit einem Transport zurück in die Heimat fahren. Peter wünschte ihm viel Glück und drückte die Hand des Freundes. Insgeheim hatte er aber nicht viel Hoffnung, dass der Freund in der Heimat ankommen würde. Zu unsicher war der Weg durch das Hinterland, wegen der Kosaken und Partisanen.

Wieder zurück bei den verbliebenen Männern seiner Kompanie wurde er schon von einem Oberst erwartet. Aus den Resten aller Schützenkompanien wurde eine Kompanie unter Peters Führung gebildet, da er der letzte Kompanieführer war. Als dann alle Mann versammelt waren, hatte Peter etwas mehr wie fünfzig Männer. Der Rest der Männer, den die zwei Regimenter noch vor zwei Monaten hatten. Ein wirklich überschaubarer Rest. So schlimm hatte Peter die Verluste gar nicht eingeschätzt. Bereits am nächsten Morgen sollten alle marschfähigen Männer Richtung Moskau aufbrechen.

Die russische Armee zog sich langsam und geordnet zurück. Bei ihrem Eintreffen in Moskau wurden sie von den Einwohnern bejubelt. Irgendjemand hatte wohl einen Sieg verkündet, doch Pjotr wusste nur zu genau, dass die feindliche Armee höchsten zwei oder drei Tage hinter ihnen war. Die Kirchenglocken, die zur Begrüßung des siegreichen Heeres läuteten, konnten auch die Totenglocken der Stadt werden. Der Zar hatte die Stadt schon lange verlassen und die meisten der Truppen zogen einfach durch die Stadt hindurch. So wie es aussah sollte die Stadt nicht verteidigt werden, sondern kampflos an den Feind fallen. Einige Kaufleute begannen ihre Läden zu räumen und baten die Soldaten, mitzunehmen was sie tragen konnten, bloß damit es nicht den Eindringlingen in die Hände fiel.

Am Morgen des 14., also eine Woche nach der Schlacht, erreichten die vorderen Teile des französischen Heeres die Vororte von Moskau. Mit Parlamentären wurde ausgehandelt, dass die Stadt zuerst zu räumen sei und die Soldaten warteten bis zum späten Nachmittag. Dann begannen sie in die Stadt einzurücken. In den Straßen standen Wagen mit Verpflegung, aber auch die Wagen der Kaufleute und viele plündernde russische Soldaten waren noch in der Stadt. Die verbündeten Truppen nahmen die Wagen in Beschlag und verhafteten die versprengten russischen Soldaten. Da den Soldaten mit der Beute auch Schnaps in die Hände fiel, begannen sich einige französische Soldaten zu betrinken. Im trunkenen Zustand legten einige, ob beabsichtig oder nicht, Feuer in der Stadt, dass aber schon nach wenigen Stunden unter Kontrolle und gelöscht war.

Bereits in der folgenden Nacht brachen an vielen Stellen Moskaus neue Brände aus. Da am nächsten Tag auch noch ein Sturm zu wüten begann, war es diesmal unmöglich die Flammen unter Kontrolle zu bekommen. Da die Stadt zu drei viertel nur aus Holzhäusern bestand loderten die Flammen überall hoch. Dichter Rauch legte sich auf die Stadt und erinnerte Peter an den Marsch der ersten Tage. Da sie in einem der Vororte untergebracht waren, konnten sie nur von Ferne zusehen, wie die Stadt langsam niederbrannte.

Durch beginnende Plünderungen brach nun die Ordnung des Heeres vollkommen zusammen. Peter musste mehr als einmal seine Leute zusammenhalten und doch wurden es, ohne das es Kämpfe gab, von Tag zu Tag weniger. Die reiche Beute lockte viel zu sehr. Anfang Oktober hatte er noch zwanzig Mann zur Verfügung. Vor allem der Schnaps führte zur Gewalt gegen die Zivilbevölkerung und Peter versuchte mit den paar verbliebene Männern eine Streife aufrecht zu erhalten, die seinen kleinen Vorort unter Kontrolle behielt. An der Spitze der Männer ging er durch die Straßen und versuchte, wenn es nötig war auch mit Gewalt, die Ruhe wieder herzustellen. Zwar waren ihre Vorratslager noch gut gefüllt, aber mit zunehmenden Plünderungen wurde auch viel von der Verpflegung zerstört.

Es setzte schon jetzt ein Zug in Richtung Heimat ein, jeder der dachte, er hätte reiche Beute gemacht, setzte sich sofort in Bewegung. Mit Wagen oder schwer bepackten russischen Gefangenen machten diese sich auf den Weg. Die meisten von ihnen kamen aber nicht weit. Kosaken und Partisanen fingen sie meist schon unweit von Moskau ab. Die Beute lockte nur noch mehr der Kosaken auf die Spuren der Soldaten.

Keinen Monat nach dem Betreten der Stadt lag Moskau geplündert und in rauchenden Trümmern da. Peter hatte zu diesem Zeitpunkt schon lange die Patrolie eingestellt und nun waren es auch nur noch zehn Mann, die er hatte. Seine Kompanie hatte sich durch die Plünderungen noch mehr aufgelöst. Nachdem der Rückzug befohlen wurde setzte er sich mit den verbliebenen Soldaten in Marsch. Ein jeder hatte sich noch einmal mit Verpflegung eingedeckt, denn auf dem Rückmarsch würden sie durch dieselbe geplünderte Gegend ziehen, die schon auf dem Vormarsch nichts mehr zu bieten gehabt hatte. Ein langer ungeordneter Heereswurm setzte sich in Bewegung.

Eigentlich wäre ein Rückzug geordnet gewesen, das hier glich mehr einer Flucht. Die Soldaten flüchteten aber nicht vor einem Feind sondern vor dem unerbittlich einsetzenden Winter. Es war nun schon Ende Oktober und nach einigen Tagen schweren Regens lag nun der erste Schnee rings um Moskau.

Schon seit ein paar Tagen drückten die russischen Truppen gegen die Vorposten vor Moskau. Nun konnten sie die Reste wieder besetzen und auch Pjotrs Kompanie zog zurück in die Stadt. Viel war von der Stadt aber nicht mehr übrig. Viele russische Soldaten, die verwundet in französische Gefangenschaft gekommen waren, waren bei den Bränden ums Leben gekommen. Überall lag zerstörtes Material herum und alles was nur irgendwie wegzutragen gewesen war, lag verstreut in den Straßen oder war auf dem Weg in Richtung Westen.

13. Kapitel

Kalter Wind

Nun zog Pjotrs Kompanie dem Feind hinterher. Moskau hatten sie ohne Stopp passiert und zogen durch eine Gegend, die nur leicht mit Schnee überdeckt war. Am Rande des Weges lagen vor Erschöpfung gestorbene Pferde und umgekippte Wagen, in denen noch Gemälde und Pelze aus Moskau lagen, die die Soldaten vorher zusammen geplündert hatten und nun mangels Transportmittel zurück lassen mussten. Auch Überfälle der Kosaken hatten vielen Soldaten das Leben gekostet. Die verstümmelten Leichen lagen ebenfalls am Rande des Weges.

Nachdem es vor ein paar Tagen noch heftig geregnet hatte, lag nun schon Schnee und ein kalter Wind blies Pjotr und seinen Soldaten entgegen. Zum Glück waren sie mit warmer Kleidung ausgerüstet worden und mussten nicht, wie Teile des französischen Heeres, mit ihrer Sommeruniform durch den Winter ziehen.

Rechts und links des langen französischen Heerwurms zogen die Kosaken entlang und dezimierten mit ihren Überfällen das feindliche Heer. Die russische Armee zog, mehr oder weniger untätig, hinter dem schwer bepackten Herr hinterher. Mitunter hörte Pjotr von vorn noch Kanonenschüsse, doch die waren eher selten. Viele der Kanonen lagen unbrauchbar an den Seiten des Weges. Ohne Zugpferde waren sie nur eine Belastung für das zurückweichende Heer gewesen.

Obwohl das russische Heer nun eigentlich eine große Übermacht gehabt hätte, überließen ihre Führer den Kosaken und Partisanen die Angriffe auf die fliehenden Franzosen und deren Verbündete. Missmutig stapften die Soldaten von Pjotrs Einheit durch den Schnee. Sie waren zur Armee gegangen, um zu kämpfen und nun waren sie schon wieder dazu verdammt untätig durch das Land zu marschieren. Einzig die Richtung ihres Marsches tröstete die Soldaten. Sie trieben ja die Angreifer vor sich her in Richtung Westen und damit hinaus aus ihrer Heimat.

Mit zusammengekniffenen Augen schaute Peter an dem Waldrand entlang. Der Schnee blendete ihn fast und es war schwer etwas zu erkennen. Das Gewehr hatte er immer im Anschlag, denn immer wieder mussten sie die Angriffe der Kosaken abwehren. Schwertschwingend, auf ihren wild aussehenden Pferden, ließen diese dem zurückweichenden Heer keine Ruhe. Nach allen Seiten sichernd stapften die Verbündeten durch den Schnee. Hinter jeder Wegbiegung konnte eine Falle lauern. Die ständige Anwesenheit des Todes zermürbte die Soldaten mehr, als das unmögliche Wetter.

Nur langsam kamen sie so vorwärts, aber zumindest lebten sie noch. Sie waren als kleine Gruppe zusammen geblieben. Wieder stürmten die Kosaken aus dem Wald vor ihnen heraus. Mit gezieltem Gewehrfeuer schlug Peters Einheit auch diesen Angriff zurück. Zum Glück hatten sie ihre Büchsen und nicht die ungenauen Steinschlossgewehre der anderen Truppen. In schneller Folge schickten sie die Kugeln in die Reihen der angreifenden Reiter, so dass zehn von ihnen tot vom Pferd fielen und die anderen sich eine leichtere Beute suchten. Rings um sie herum war nichts zu essen aufzutreiben. Nichts hatte den Vormarsch vom Sommer und Herbst überstanden. Die Brände hatten den Rest zerstört und ihre Vorräte waren längst erschöpft.

Da Peters Einheit so ziemlich am Ende des Zuges marschierte bekam sie von all den Kämpfen gegen die reguläre russische Armee nur den fernen Kanonendonner mit. Vermutlich waren die Spitzen des anderen Heers aber nicht weit hinter ihnen. Es kam vor, dass an einem wärmenden Feuer in der Nacht Soldaten aus beiden Heeren zusammen saßen und erst Frühs sich wieder aufteilten. Dann ging wieder jeder seiner Wege, die ja eigentlich trotzdem dieselben waren, nur eben hintereinander.

Am 9. November erreichten die Verbündeten Smolensk und konnten sich dort in den Trümmern der zerstörten Stadt sammeln. Trotz der Zerstörung waren noch einige Häuser intakt und in diesem quartierte sich das Heer ein. Vorräte gab es aber nur wenige und auch das Pulver ging den Soldaten langsam aus. Das russische Heer lagerte vor der Stadt und vermied es, die Soldaten aus der zerstörten Festung zu vertreiben. Vermutlich waren sie genauso mit dem Wetter beschäftigt wie die fliehenden Soldaten.

Peter genoss die Rast in der Stadt, aber nach fünf Tagen wurde wieder Abmarsch befohlen und sie verließen die Festung. Es wurde immer kälter und in der Nacht nach dem Auszug aus Smolensk fielen die Temperaturen unter -20 Grad. Wer konnte, suchte sich warme Kleidung oder machte Feuer, doch Holz war nun selten geworden. Und das Feuer zog die Kosaken an, die nun auch nachts ihre Überfälle machten.

Ein paar Tage später setzte Tauwetter ein und verwandelte alles in einen Sumpf, der jedes Vorankommen verhinderte. Alle verbliebenen Wagen blieben stecken und mussten zurückgelassen werden. Wer sich nicht von seiner Beute trenne konnte, der starb durch die Überfälle der Kosaken. Wer Glück hatte, der konnte ein paar der Vorräte aus den Wagen retten und hatte somit für ein paar Tage etwas zu essen.

Beim Auszug aus Smolensk hatte sich die Formation fast sofort wieder aufgelöst. Durch die Kälte und Nässe war Peters Einheit auf nur noch fünf Männer zusammengeschrumpft. Alle versuchten nun mehr oder weniger selbständig immer weiter nach Westen zu kommen. Peter hatte in einem der umgestürzten Wagen einen Pelzmantel erbeutet, den er jetzt zum Schutz vor der Kälte trug. Rings um sich sah er genauso gekleidete Soldaten, oder in Lumpen gehüllte Männer, die sich von den Gefallenen die Uniformen besorgten. Von einem geordneten Heer war schon lange nicht mehr die Rede.

Ihr nächstes Ziel wäre Minsk gewesen, doch ein russischer Vorstoß besetzte die Stadt und machte es dem Heer unmöglich die Vorräte, die dort lagerten, und die sie so dringend gebraucht hätten, zu erreichen. In ihrem jetzigen Zustand war keine große Kampfhandlung oder gar ein geordneter Angriff mehr möglich.

Es wurde immer kälter. Das unterernährte und erschöpfte Heer begann sich langsam, unter Zurücklassung der Kranken, vorwärts zu Quälen. Es war nur noch eine Frage der Zeit, bis auch der letzte der Männer den Tod gefunden haben würde. Krankheit, Hunger, Unterernährung und Erschöpfung rafften tausende dahin. Es musste doch sicher schon Anfang Dezember sein, aber Peter hatte jedes Zeitgefühl verloren.

Wie ein großes weisses Leichentuch deckte der Schnee alles zu. Von vorn war nun öfters Kanonenfeuer zu hören, doch es war so weit weg, dass es Peter nur ganz leise hören konnte. Irgendwo da vorn mussten sie noch einen Fluss überqueren, das wusste er noch, aber war er dafür nicht schon zu weit weg? Konnte er den Anschluss überhaupt noch schaffen? Oder sollte er alleine versuchen die Heimat zu erreichen?

14. Kapitel

Alleine im Schnee?

Peter hatte jegliche Orientierung verloren, nur die Instinkte hatten ihn am Leben gelassen. Schon lange hatte er den Anschluss zum Heer verloren und das russische Heer hatte ihn auch eines Nachts überholt. Er tappte alleine durch den Schnee, fernab des Marschweges. Irgendwie war er im Kreis gelaufen und eines Tages merkte er, in einem lichten Moment, dass er der aufgehenden Sonne entgegen ging, also nach Osten. Für einen Moment kam eine Resignation auf und trieb ihm Tränen in die Augen, die ihn aus der Apathie rissen.

Er stand mitten in einer kleinen Buschgruppe und versuchte sich zu Orientieren. Wo war der Weg? Dass er in die andere Richtung musste, war ihm nun schon klar, aber er wollte auf dem Marschweg vorankommen, dort konnte man ihm vielleicht helfen. Norden oder Süden? Wo war die Kolonne gewesen? Er wendete sich nach Norden und ging los. Der Schnee war fast Hüfthoch und er musste sich mühsam durch die Verwehungen kämpfen, dann betrat er eine Ebene und der Schnee lag nicht mehr so tief. Irgendetwas zog ihn vorwärts und er wusste nicht genau, was das war. Nur einfach weiter laufen. Wenn er hier hinfiel und liegen blieb, so würde er erfrieren und niemand würde ihn jemals wieder finden.

Mühsam suchte er den Weg, den das Heer gezogen war. In einiger Entfernung sah er schneebedeckte Haufen liegen und als er näher kam bemerkte er, dass es erfrorene oder gefallenen Soldaten aus seinem Heer waren. Er hatte den Weg also wieder gefunden, doch war er auf diesem Weg sicherer als alleine im Wald? Die Kosaken waren schon viel weiter westlich und so konnte er alleine durch den Schnee gehen. Aus dem Augenwinkel nahm er eine Bewegung wahr und verharrte sofort. War er entdeckt worden? Er nahm das Gewehr nach oben und legte an. Es war die letzte Kugel, die er noch hatte.

Keine zwanzig Schritte vor sich sah er einen Hasen sitzen. Er kniff die Augen zu. War es ein Trugbild seiner Sinne? Nein, der Hase war noch da und hatte ihn noch nicht bemerkt. Langsam und leise spannte Peter den Hahn. Nur nicht vorbei schießen. Das war seine letzte Kugel und vermutlich das letzte Essen, das er in der nächsten Zeit haben würde. Wie es ihm sein Vater beigebracht hatte legte er auf den Hasen an und zog vorsichtig den Abzug durch.

Ein lauter Knall durchbrach die Stille des Tages. Der Hase machte einen Satz und blieb liegen. So schnell er konnte lief Peter hin und tötete den Hasen mit seinem Messer. Schnell war das Fell abgezogen und das noch warme Fleisch des Tieres roh gegessen. Der Hase hatte nicht viel Fleisch gebracht, aber Peter war erst einmal gesättigt. Er schaute auf das Gewehr, dass er in den Händen hielt und das ja nun vollkommen nutzlos war. Er nahm es am Lauf und zerschmetterte es an einem Baum, dann lies er die Bruchstücke liegen und machte sich wieder auf den Weg.

Der Jagderfolg hatte ihn wieder so weit zu Bewusstsein zurückgebracht, das er nun aufmerksamer durch den Schnee lief. Er bemerkte, dass bei einigen der Gefallenen die Arme oder die Beine fehlten und die sauber abgenagten Knochen nicht weit davon entfernt lagen. Wilde Tiere konnten es nicht gewesen sein, die hätten mehr als nur diese Körperteile abgenagt. Mit Erschrecken realisierte er, dass vermutlich Menschen ihre eigenen Kameraden gegessen hatten, so groß musste der Hunger gewesen sein.

Auch abgenagte Pferdegerippe lagen an den Seiten des Weges und Peter war sich nicht ganz sicher, ob es Pferde des Vormarsches, oder des Rückzuges gewesen waren, die hier säuberlich abgenagt worden waren. Am Abend legte sich Peter in eine Schneekuhle und schlief so, dick in seinen Mantel eingewickelt, bis zum nächsten Morgen durch. In der Nacht war etwas Schnee über ihn geweht worden, der ihn zusätzlich wärmte.

Nachdem es wieder hell genug war, machte er sich auf den einsamen Weg. Er folgte der Spur des Todes und fühlte sich, als ob er das letzte lebende Wesen auf diesem Planeten wäre. Der Frost zwackte ihn in die Nase und Schnee verklebte seinen langen Bart, der schon bald gefroren war. Mühsam stapfte er durch den Schnee. Fuß vor Fuß gesetzt brachte er Schritt für Schritt mehr Abstand zwischen sich und Moskau und verringerte so den Abstand zur Heimat.

Vor sich hatte er nun einen zugefrorenen Fluss, vor dem viele Leichen lagen. Von einer Anhöhe überblickte er die Gegend und sah viele Kosaken vor sich, die, Teils zu Fuß und Teils zu Pferd, sich zwischen den Gefallenen hindurch bewegten. Von Zeit zu Zeit peitschten Schüsse über die Ebene, wenn die Kosaken einen Verwundeten erschossen, um ihn danach auszuplündern. Peter machte einen großen Bogen und überquerte den zugefrorenen Fluss außerhalb der Sichtweite der Kosaken. Vorsichtig überquerte er das Eis, das an manchen Stellen unter ihm knackte.

Er nahm wieder den Weg auf, der sich auch hinter dem Fluss fortsetzte. Noch viel vorsichtiger als bisher bewegte er sich durch die Ebene, die manchmal durch kleine Wäldchen unterbrochen war. Den Kosaken wollte er nicht in die Hände fallen. Als er an einem der toten Pferde vorbei kam, meldete sich sein Magen. Wie ein Wolf knurrte er ihn an. Peter schob den Schnee zur Seite und fand noch ein großes Stück Fleisch an einem der Knochen. Mühsam schnitt er es mit dem Messer ab, was nicht so einfach war, weil das Fleisch vollkommen gefroren war. Ein paar Mal rutschte er mit dem Messer ab, bevor er das etwas zwei Pfund schwere Stück in der Hand hatte.

Peter schob sich das Fleisch unter die Jacke, um es am Körper aufzutauen. Der Eisblock ließ ihn frösteln, aber wenn er essen wollte, musste er das so machen. Ein Feuer hätte ihn sofort verraten und die Verfolger auf seine Spur gebracht. Vor ihm machte der Weg einen Knick um einen kleinen Hügel. Als er um die Biegung sah, bemerkte er zwei Soldaten, die eine der Leichen am Wegesrand durchsuchten. Die Soldaten hatten ihn ebenfalls bemerkt. Keine zehn Schritte trennten sie voneinander. Mit gezogenem Messer lief Peter schreiend auf die Beiden los und sah nur noch das Aufblitzen einer Pistole. Ein Schlag gegen die Schulter ließ ihn zusammen brechen. Im Fallen sah er die beiden Soldaten mit Schwertern auf sich zukommen.

15. Kapitel
Ljubas Hilfe

Peter schreckte auf. Über sich sah er die verrußte Decke eines russischen Bauernhauses. Grob zusammengesetzte Balken vom Feuer geschwärzt. Es war warm hier und als er sich aufsetzen wollte, spürte er einen stechenden Schmerz in der Schulter, der ihn vollkommen wach machte. Wo war er hier? Offensichtlich hatten die beiden Soldaten ihn nicht getötet, sondern hier her gebracht und damit auch vor dem erfrieren bewahrt. Aber warum?

Vorsichtig setzte er sich hoch und sah sich um. Der Raum war nicht groß, ein Bett, ein Tisch, ein paar Bänke und ein prasselndes Feuer im offenen Kamin, mehr gab es hier nicht. Durch ein paar kleine Fenster schaute die Sonne herein und beleuchtet das Ganze. Nur in Unterwäsche lag er im Bett und die Schulter war fachmännisch verbunden. Auf einer der Bänke lagen seine Uniform und der zerzauste Mantel.

Gerade als er aufstehen und seine Uniform anziehen wollte, öffnete sich die Tür und ein altes Mütterchen, mit fast weißem Haar, kam herein. Klein und rundlich, mit einem langen Rock und einen Kopftuch, die typische Kleidung einer russischen Bäuerin. Sie hatte Brennholz gebracht, dass sie sofort fallen ließ, als sie sah, dass Peter wach war. Sie lief zu dem Offizier und drückte ihn zurück ins Bett, danach machte sie den Verband neu, der die, durch die Bewegung wieder aufgebrochene, Wunde bedeckte. Schließlich brachte sie ihm eine Schüssel mit dampfender Suppe und einen hölzernen Löffel.

Während Peter die Suppe gierig verschlang, stapelte sie zuerst das Holz neben dem Kamin und danach verließ sie die Hütte, um kurz darauf mit den beiden Soldaten zurückzukommen, denen Peter auf dem Weg begegnet war, und die ihn angeschossen hatten. Nachdem sie sich überzeugt hatten, dass es Peter gut ging verließ einer von ihnen das Zimmer. Der andere, mit einem dunklen, verfilzten Vollbart, bewachte ihn grimmig. „Was wird nun mit mir passieren?" fragte sich Peter in Gedanken. Er hatte gesehen, wie die Kosaken Gefangenen sowie Verwundete quälten und töteten. Aber hätten sie ihn verbunden und Suppe gegeben, wenn sie ihn hätten töten wollten? Vorsichtig schaute er sich um und sah sein Messer auf dem Tisch liegen. Doch der Soldat stand genau zwischen Peter und der Waffe.

Wieder öffnete sich die Tür und der andere Soldat kam mit einem großen, bärtigen Offizier zurück. Irgendwas kam Peter an dem Mann bekannt vor und er grübelte noch, als sich der Offizier auf das Bett neben ihn setzte und Peters Messer vom Tisch zog. „Zum Glück hat Iwan das Wappen erkannt, sonst wärst du jetzt tot." begrüßte der Offizier Peter. „Pjotr?" fragte Peter und kannte doch schon die Antwort. Ohne ein Wort fielen sich die beiden Freunde um den Hals.

„Wie lange liege ich schon hier?" fragte Peter nach einer Weile und Pjotr antwortet „Fast zwei Wochen. Das Fieber wollte nicht sinken und du warst ziemlich entkräftet. Hätte Ljuba" er zeigte auf die alte Bäuerin „nicht so viele Kräuterkenntnisse gehabt, so wärst du sicher nicht mehr aufgewacht." Die alte Frau brachte wieder eine Schüssel mit Suppe und Peter leerte auch die zweite so schnell, dass man nun sehen konnte, dass er zwei Wochen lang gehungert hatte. Pjotr reichte seinem Freund die Uniform und half ihm beim Anziehen der Jacke.

„Morgen früh brechen wir auf." sagte Pjotr und als er den fragenden Blick seines Freundes sah, setzte er schnell hinzu „Nicht in die Gefangenschaft. Wir schicken dich heim." dankbar nickte Peter und reichte die leere Schüssel an Ljuba, die sie sofort wieder füllte und zusammen mit einer dicken Scheibe Brot zurück zu Peter brachte.

Das Brot war noch warm und duftete herrlich. Peter überlegte einen Moment, wann er das letzte Mal Brot gegessen hatte und erinnerte sich, dass es in Moskau gewesen war. Das war im September gewesen und nun war es schon Mitte Januar. „Welchen Tag haben wir heute eigentlich?" fragte Peter zwischen zwei Bissen Brot. Er sah wie Pjotr einen Moment überlegte und dann sagte „Nach eurem Kalender ist heute der 20. Januar." „Aha." sagte Peter, obwohl es ihm eigentlich egal war, welcher Tag es war, er war noch am Leben und nur das zählte.

Draußen wurde es nun langsam dunkel und das Feuer war jetzt die einzige Lichtquelle in dem Raum. Die beiden Soldaten hatten den Raum verlassen und die beiden Offiziere erzählten von ihren Familien. Nur von Zeit zu Zeit unterbrach Ljuba die Unterhaltung, wenn sie den Verband wechselte oder Suppe für die beiden Offiziere brachte. Pjotr erzählte von seiner Frau und den drei Töchtern und Peter von seinen Schwestern. Die zuckenden Flammen des Feuers malten rot gelbe Figuren an die Wand der Hütte.

Noch vor ein paar Tagen waren sie auf verschiedenen Seiten der Front gewesen und hätten sicher aufeinander geschossen, aber jetzt saßen sie hier und redeten, als wäre nie etwas gewesen. Als die Rede auf Borodino kam, merkten Beide, dass sie an derselben Stelle gekämpft hatten, vielleicht nur ein paar hundert Schritte voneinander entfernt. Dieselben Gebüsche und dieselbe Straße. Für einen Moment herrschte betretenes Schweigen. In all dem Pulverqualm hätten sie sich sicher nicht erkannt, wenn sie da voreinander gestanden hätten und so wie Peter hatte auch Pjotr auf alles geschossen, was sich vor ihm im Rauch bewegt hatte.

Das Rot des Feuers erinnerte Peter auch an das brennende Moskau. Auch davon erzählte er Pjotr. Wieder bemerkten sie, dass sie fast in derselben Gegend gewesen waren. Pjotr war gar nicht weit von der Vorstadt entfernt untergebracht gewesen, die Peter bezogen hatte. „Wir sind uns in diesem Krieg zu oft viel zu nah gekommen." seufzte Peter. Pjotr nickte „Ich wollte dir zwar meine Heimat zeigen, aber so war das nicht gedacht." sagte er. Für einen kurzen Moment lachten beide.

Während des ganzen Redens bemerkten die zwei gar nicht, dass es draußen schon wieder hell wurde. Erst als Iwan den Raum betrat und etwas auf Russisch sagte, zog sich Peter den Mantel an. Pjotr gab ihm eine Pelzmütze, die Iwan mitgebracht hatte und die Peter bis über die Ohren ging, dann reichte er ihm das Messer, das Peter sorgsam verstaute. „Mein Vater hatte damals mit dem Messer Recht gehabt." dachte Peter und folgte dem Freund aus dem Raum heraus.

16. Kapitel
Nach Hause!

Erst jetzt konnte Peter die kleine windschiefe Hütte von außen sehen. Sie lag versteckt in einem kleinen Wäldchen zusammen mit noch zwei Hütten und ein paar Ställen. Iwan hielt zwei Pferde an den Zügeln, russische Kaltblutpferde, die diesen Winter gewohnt waren und keine so zierlichen Pferde, wie sie die französische Reiterei gehabt hatte, und die nun zu zigtausenden tot entlang des Marschweges lagen.

Vor der Hütte stand Ljuba mit einer schwarzen Umhängetasche. Sie drückte sie Peter in die Hand, und als er sie öffnete sah er ein Brot, etwas Fleisch und eine Flasche, vermutlich Schnaps, darin. Peter hängte sich die Tasche um und drückte die alte Frau zum Abschied. Zusammen mit Pjotr schwang er sich aufs Pferd, er zuckte kurz zusammen, an die Schulter und die Wunde hatte er schon gar nicht mehr gedacht, doch schmerzlich brachte sich die Verletzung zurück in die Erinnerung.

Vorsichtig ritt er los, dann etwas schneller. Zusammen mit seinem Freund ritt er ein ganzes Stück, bis sie wieder vor sich den Marschweg des französischen Heeres sahen. Sie stoppten und Pjotr zeigte auf die am Wege liegenden Wagenreste und Pferdegerippe „Du kannst den Weg nun nicht mehr verfehlen. Ich wünsche dir viel Glück." sagte Pjotr, dann gab er dem Freund die Hand. Peter verabschiedete sich und machte sich auf den Weg nach Hause.

Schon ein paar Tage später war er am Grenzfluss, den sie vor so langer Zeit überquert hatten und danach auf dem Weg durch Polen. Da er etwas Geld behalten hatte, konnte er sich in den Gasthöfen einquartieren und dort Rast machen. Ende Februar traf er wieder in Sachsen ein. Als er sich bei seinem Regiment meldete, sahen ihn alle an, als wäre er ein Geist. Nicht viele waren aus Russland wieder zurückgekommen. Überall musste er nun erzählen, was er so erlebt hatte. Zum Glück hatte sich die Wunde schon lange geschlossen.

Von den mehr als zwanzigtausend sächsischen Männern, die im letzten Sommer über die Mehmel gezogen waren, hatte nicht einmal jeder zehnte die Heimat lebend wieder gesehen. Viele waren verletzt und nur wenige hatten das Glück, so wie Peter gesund die Heimat wieder zu erreichen.

Der Offizier bekam zwei Wochen frei, um sich vollständig zu erholen und wollte diese in seiner alten Heimat verbringen. In neuer Uniform, frisch gewaschen und rasiert, ritt er auf dem russischen Pferd die Landstraße entlang. Bereits am Abend sah er den vertrauten Kirchturm der Heimatstadt vor sich. Noch schneller trieb es das Pferd an und das schwere Kaltblutpferd, Peter hatte es Grigori genannte, galoppierte so schnell, dass es keuchte, als Peter es vor dem Stadttor anhielt.

Für einen Moment blieb er stehen und schaute auf das Tor. Durch dieses Tor war er damals zusammen mit seinem Vater aufgebrochen. Er stieg vom Pferd und fuhr Grigori über die Nase, dann führte er das schwer schnaufende Pferd im Schritt durch die Straßen der Heimatstadt. Vor dem Gasthof machte er kurz Pause und brachte sein Pferd in den Stall. Er gab dem Stallburschen ein paar Münzen und dieser rieb Grigori sofort trocken und fütterte ihn.

Vom Gasthof waren es nur noch ein paar Schritte bis zu seinem Elternhaus. Was würden wohl die Eltern und die Schwestern sagen, wenn er einfach so in der Tür stand? Als er klopfte wurde die Tür geöffnet und mit einem Schrei fiel ihm die Mutter um den Hals. Die Schwestern kamen aus dem Haus gelaufen und umarmten den Bruder ebenfalls. Zusammen gingen sie in die Küche des Hauses. In dem Raum saß seine Schwester Karola zusammen mit ihrer Freundin Jutta. Zu Karolas Hochzeit hatte er damals kommen wollen, doch der Krieg hatte es verhindert.

Jetzt da Karola aufstand, sah Peter, dass sie sicher noch in diesem Jahr ihr erstes Kind bekommen würde. Auch sie fiel dem Bruder um den Hals. Jutta stand auf und gab Peter die Hand. Dabei schlug sie die Augen nieder und irgendwas daran zog Peters Aufmerksamkeit auf sich. Er kannte Jutta schon lange, obwohl kennen nicht das richtige Wort gewesen war. Sie wohnte im Nachbarhaus und war schon immer die beste Freundin seiner Schwester gewesen, nur hatte sich Peter nie für Mädchen interessiert.

Jetzt war es etwas anderes, vielleicht durch Pjotr und seine Frau Olga. Noch immer wich Jutta seinem Blick aus und gerade das zog ihn magisch an. Als sie kurz den Raum verlies, fragte Peter seine Schwester über alles aus, was sie über die Freundin wusste. Das Gespräch der Geschwister wurde durch die Mutter unterbrochen, die den Tisch decken wollte. Als sich Peter umsah, sah er den Vater in der Tür stehen. Er stand auf und ging zu dem alten Mann hin. Peter umarmte ihn und sagte „Nur durch das, was du mir beigebracht hast, konnte ich in Russland überleben. Ich danke dir."

Als alle am Tisch saßen, lies Peter seinen Blick in die Runde schweifen und bemerkte, dass Jutta nicht mehr dabei war, vermutlich war sie nach Hause gegangen. „Schade." dachte Peter und langte kräftig zu bei den Speisen, die seine Mutter mit den Schwestern schnell auf den Tisch gebracht hatte. Später kam noch Karolas Mann in die Küche und setzte sich mit dazu. Es wurde eine ausgelassene Runde und sie lachten und sangen den ganzen Abend lang.

Erst spät in der Nacht fiel Peter in sein altes Bett, das ihm die Mutter frisch bezogen hatte. Sein letzter Gedanke ging an Jutta, deren Haus er durch das Fenster sehen konnte. Dann schlief er ein. Als am nächsten Morgen die Sonne durch das Fenster fiel war Peter schon lange auf. Er hatte einen Entschluss gefasst und schlich sich aus dem Haus.

Als er an der Tür des Nachbarhauses klopfte, öffnete Juttas Mutter und ließ Peter herein. Jutta stand mit verschlafenen Augen in der Küche und machte gerade das Frühstück. Als sie Peter erkannte, war sie sofort hellwach. Peter nahm all seinen Mut zusammen und fragte Juttas Vater, ob er Jutta zu Frau nehmen dürfe. Vor Überraschung fiel Jutta ein Teller zu Boden und zersprang in tausend Teile. „Scherben bringen Glück." sagte Juttas Vater „Ich gebe dir meine Tochter gern." Nun erst wendete er sich Jutta zu, die ihm vor Freude um den Hals fiel.

17. Kapitel

Ein Aufruf

Bereits am folgenden Sonntag sollte die Hochzeit sein und Peter überlegte sich, wen er dazu einlagen konnte. Ihm fiel Karl wieder ein. Wie es ihm wohl gehen würde? Und lebte er überhaupt noch? Er holte sein Pferd aus dem Stall des Gasthofes und ritt den Weg den Hügel hinauf, wo er Karls Heimatdorf wusste. Der Schnee war schon getaut und an den Zweigen neben dem Weg begannen die ersten Knospen zu wachsen.

Vor sich sah er die ersten Häuser des Dorfes. Karl hatte ihm oft den Weg zu seinem Elternhaus beschrieben und nun sah Peter die Linde mit der kleinen Bank darunter stehen. Hatte es der Freund in die Heimat geschafft? Peter stieg vom Pferd und trat an die kleine Hütte, die ihn irgendwie an Ljubas Hütte im fernen Russland erinnerte. Zögerlich klopfte er an und eine junge Frau öffnete ihm.

Peter brauchte einen Moment und sah in die fragenden Augen der Frau, schließlich sagte er „Ist Karl zuhause? Ich bin Peter." ein Lächeln begann über das Gesicht der Frau zu ziehen. „Mein Mann ist hinter dem Haus." sagte sie „Ich bringe dich hin." Dann trat sie vor die Hütte und schloss die Tür. Zusammen gingen sie um das Haus herum. Auf einer kleinen Bank saß Karl mit dem Rücken zu ihnen. Er drehte sich um, vermutlich hatte er die Schritte der Beiden gehört, und stand auf, als er den Freund erkannte.

„Du hast es also geschafft?" fragte Peter erfreut „Ich ja, mein Bein nicht." sagte Karl und klopfte mit der Krücke gegen das Holzbein. Peter nickte und die beiden Freunde fielen sich um den Hals. „Erzähle mal." sagte Karl endlich und die beiden Männer begannen von den alten Zeiten zu erzählen, die ja noch nicht mal ein Jahr her waren. Die Frau ging zur Hütte zurück und die beiden Männer setzten sich auf die Bank. Karl war mit einer der letzten gewesen, die als Verwundete den Weg in die Heimat gefunden hatten, immer wieder waren Kosaken- und Partisanenangriffe abzuwehren gewesen.

Am Ende des Gesprächs lud Peter Karl und dessen Frau zu seiner Hochzeit ein und die Beiden sagten gern zu. Vor Peters heimreiten gingen die beiden Männer aber noch in die Dorfschänke, obwohl nur einer ging und der andere, auf die Krücke gestützt, humpelte. Nach vielen Gläsern Bier brach Peter dann wieder auf und freute sich, dass der Freund noch am Leben war.

Rasend schnell ging die Woche dahin, Jutta und Karola nähten an dem Brautkleid, während Peter die Feier, zusammen mit seinem Vater, vorbereitete. „Ein Schweinebraten wäre nicht schlecht." sagte der Vater und drückte Peter die Büchse in die Hand. Zusammen mit seinem jüngeren Bruder Kurt zog Peter in den Wald. Er hatte nichts von dem verlernt, was ihm der Vater beigebracht hatte, nur manchmal überkamen ihn die schrecklichen Bilder der Flucht und er brauchte einen Moment, um zu realisieren, dass er in Sachsen und nicht mehr in Russland war. Dann zuckte er zusammen und blieb für einen Moment stehen.

Zum Glück lag nicht mehr so viel Schnee und das Schwein war schon bald zur Strecke gebracht. Gemeinsam trugen es die beiden Brüder ins Tal. Zusammen nahmen sie es auch aus und bereiteten es für die Feier vor. Am Abend vor der Hochzeit holte Peter seinen Freund in dem Dorf ab, da der nicht mehr so gut zu Fuß war. Peter half Karl auf das Pferd und zusammen mit Karls Frau Barbara führte er den Freund auf Grigori ins Tal. Da es Bergab ging konnten sie sich etwas unterhalten und Barbara erzählte, dass sie auch erst vor vier Wochen geheiratet hatten.

Die Beiden hatten sich in einem Lazarett bei Dresden kennen gelernt, in dem Barbara gearbeitet hatte und nun waren sie einfach zusammen geblieben. Noch vor Sonnenuntergang erreichten sie zu dritt den Gasthof, in dem die beiden Gäste übernachten würden. Am Abend trafen alle Geschwister von Peter und ein paar seiner Freunde in der Schankstube ein. Auch Karl und Barbara setzten sich dazu. Viele Krüge Bier und Wein später torkelten alle zu ihren Häusern. Karl und Barbara hatten es da am besten, sie mussten nur eine Tür weiter gehen.

Nur schwer kamen am Sonntag alle wieder aus ihren Betten. Der vergangene Abend hatte deutlich seine Spuren hinterlassen. Die Mutter stand in der Küche und scheuchte Peter und seine Geschwister herum, denn es gab noch eine Menge zu tun und schon bald würde es zur Kirche gehen. Die war zum Glück auch nicht so weit weg. Nachdem alles fertig war, brach die Familie auf und vor dem Haus trafen sie auf die Familie des Nachbarn. Gemeinsam betraten sie die Kirche, in der Karl und Barbara bereits in der ersten Reihe warteten.

Es wurde eine sehr schöne Trauung und auch die Feier danach, im Gasthof und davor, für die vielen Freunde, war sehr schön. Noch hatte Peter eine Woche Urlaub, doch die würde sicher genauso schnell vergehen wie die letzte. Am Abend bezog Jutta das kleine Zimmer von Peter in dessen Elternhaus, schon bald würde sie ihn begleiten und in der Woche war nun noch viel zu erledigen.

Am Ende der Woche besorgte Peter ein Pferd für seine Frau und zusammen verpackten sie das wenige, was sie hatten. Alles passte auf die beiden Pferde und zusammen brachen sie, nachdem sie sich von Eltern und Geschwistern verabschiedet hatten, auf.

Schon am Abend meldete sich Peter zurück und bekam eine Wohnung zugewiesen, die er zusammen mit seiner Frau sofort bezog. Doch die Freude über die erste Wohnung währte nicht lang. Bereits ein paar Tage später wurde ein Aufruf verlesen, nach dem sich alle verbliebenen sächsischen Soldaten in Torgau zur Aufstellung einer neuen Armee, aus den Resten der alten, zusammen finden sollten. Zusammen mit den anderen Offiziersfrauen bereitete auch Jutta alles für den Marsch vor, aber sie hatte noch nicht so viel zu verladen wie die anderen Frauen, die zum Teil auch noch mit vielen kleinen Kindern reisen mussten.

Als sich der Marsch in Bewegung setzte, war der Zug der Wagen fast so lang, wie die Kolonne der marschierenden Soldaten. Peters Pferd war hinten am Wagen angebunden, da Peter zu Fuß in der Kolonne mit marschierte. Er wollte nicht, wie viele andere Offiziere, als etwas Besseres dastehen und von oben auf die Soldaten herab schauen. Lieber ging er mit einem guten Beispiel voran.

18. Kapitel

Im Pulverdampf

Den ganzen Frühling übten sie nun schon. Seine Schützen hoben sich durch die grünen Uniformjacken deutlich von den Uniformen der Linieninfanterie, mit deren weißen Uniformen, ab. Im Gegensatz zu den anderen übten sie nicht das Marschieren in Formation, sondern das Ausnutzen des Geländes. Nur die besten Schützen hatte er in der leichten Infanterie. Das Symbol des Horns auf der Pulvertasche war eine Auszeichnung und wurde mit Stolz getragen.

Fast verächtlich schaute Peter auf die anderen Offiziere, die mit weißer Uniform und Handschuhen am Rande des Platzes standen und nur zusahen, was ihre Unteroffiziere und Soldaten so machten. Peter ging genauso durch den Dreck, wie seine Soldaten und das schweißte sie zusammen. In den Pausen erzählte Peter von seinem Marsch durch Russland und wie ihn nur die Reflexe gerettet hatten.

„Was ihr nicht ohne einen Gedanken machen könnt, dass wird euch im Kampf nicht gelingen." sagte er ihnen immer wieder. Laden ohne hinzuschauen, in jeder Position, mit verbundenen Augen, das lernten die Soldaten bei ihm und er machte es ihnen auch vor. So wie schon immer, wollte er mit seinem Vorbild führen und nicht dadurch, dass er Offizier war.

Immer und immer wieder ließ er sie ausschwärmen, in zwei Gruppen mussten sie sich durch das, mit Gebüschen bewachsene, Gelände aufeinander zu bewegen. Jeden Abend kam er mit völlig verschmutzter Uniform nach Hause und Jutta hatte alle Mühe ihm am nächsten Tag eine saubere Uniform zur Verfügung zu stellen. Mit der

Zeit waren seine Soldaten richtig gut geworden und Peter hoffte, dass sie das erworbene Wissen in den sicher noch kommenden Schlachten nutzen konnten, um am Leben zu bleiben.

Immer mehr Soldaten trafen in dem Lager ein und wurden zu Einheiten geformt. Kavallerie, Infanterie, Artillerie und Pioniere übten nun regelmäßig rund um die Festung Torgau. An manchen Tagen stand Peter im Pulverdampf, wie bei einer Schlacht. Während bei allen anderen es nur darum ging, so schnell und so oft wie möglich zu schießen, war es bei den leichten Schützen Pflicht zu treffen.

Ein kleines Bierfass war das Ziel, dass es galt auf fünfzig Schritt sicher zu treffen. Es wurde so lange geübt, bis jeder Schuss saß. Damit man es aus der Entfernung kontrollieren konnte, hatte Peter das Fass an den Ast eines Baumes gehängt und jeder Treffer ließ das Fass tanzen, was durch die Soldaten mit Beifall und Gejohle Quittiert wurde.

Eines Nachmittags stellte Peter ein brennendes Talglicht auf das Fass und lud sein Gewehr. Die Soldaten rings um ihn schauten zu, was er machte. So ein kleines Ziel konnte er doch nicht wirklich treffen wollen? Als Peter das Gewehr anlegte, glaubte er zu hören, wie alle seine Soldaten rings um ihn die Luft anhielten. Hatte er sich da zu viel zugetraut?

Was würden seine Soldaten sagen, wenn er jetzt daneben schoss? Nur die Ruhe bewahren, dann konnte nichts schief gehen. So wie er es gelernt hatte, zog er den Abzug ganz langsam durch. Ein Schuss peitschte durch die Stille, das Fass blieb ganz ruhig hängen und das Licht fiel vom Fass herunter. Bis zu diesem Moment hatte es Peter selbst nicht geglaubt, dass er dies konnte. Die Begeisterung seiner Männer steigerte sich immer mehr und für einen kurzen Moment vergaßen alle, dass sie Soldaten und Offizier waren, im Moment freuten sich alle wie kleine Jungen, die mit einem Pfeil einen Apfel getroffen hatten.

Gemeinsam marschierten sie in die Unterkunft zurück. Schnell machte der Meisterschuss im Lager die Runde und Peter wurde nun auch von den anderen Soldaten mit noch mehr Respekt betrachtet. Unter den Offizieren brachte ihm das leider gar nichts ein. Dort wurde viel mehr auf vornehme Herkunft Wert gelegt, und die hatte er nun mal leider nicht.

Tagein, Tagaus zogen sie im Morgengrauen in die Wälder und Wiesen der Umgebung und kehrten abends zurück in das Lager. Nun war es schon Anfang Mai, und im Feldlager waren fast 8000 Sachsen versammelt. Nun wurden auch Formationsangriffe zusammen geübt. Es konnte nicht mehr lange dauern, bis die nächste Schlacht auf sie zukam. Jutta nahm sich das jeden Tag immer mehr zu Herzen.

Eines Abends erzählte sie Peter, dass er schon im nächsten Winter Vater werden würde und wie viel Angst sie hatte, dass das Kind seinen Vater vielleicht nie sehen würde. Peter versuchte alles, um die Zweifel seiner Frau zu zerstreuen, aber tief in seinem Inneren hatte er selber welche. Nur deshalb übte er jeden Tag so hartnäckig. Nur deshalb führte er seine Soldaten jeden Tag in solche Übungen. Nur wenn sie alle gut waren, konnten sie überleben. Konnte er überleben!

Je mehr sie dem Sommer entgegen kamen, umso mehr übten sie. Mitte Mai begannen die Tage wärmer zu werden und der kommandierende Offizier ließ die ganze Armee antreten. Als Peter auch die französischen Offiziere sah, war ihm klar, dass nun die Zeit zum Kampf gekommen war.

Rings um den Platz standen die Bäume in ihrer Blüte, Vögel zwitscherten über ihnen, aber die angetretenen Soldaten hatten dafür im Moment keinen Gedanken. Starr richtet sich ihr Blick nach vorn. Aufmerksam lauschten sie den Anweisungen der Offiziere. Die Ausführungen legten den Soldaten nahe, dass Russen und Preußen in Sachsen eingefallen waren und nun es auch an der Zeit war, dass die Sachsen ihre Heimat gegen die Angreifer verteidigten.

Bereits am nächsten Tag sollten sie gegen den Feind ziehen, um ihn aus ihrem Heimatland hinauszuwerfen. Die Rede endete mit einem Jubel der sächsischen Soldaten und es gab nicht einen, der sich lieber irgendwo versteckt hätte, als nicht mit aller Entschlossenheit gegen die Angreifer ins Feld zu ziehen. In diesem Moment dachte niemand, nicht einmal Peter, daran, dass ja Napoleon mit seinem Angriff gegen Russland erst den Angriff der Russen provoziert hatte. Hier ging es um ihre Heimat!

Am Abend wurde alles Marschfertig gemacht und die Wagen wurden beladen. Jutta würde, zusammen mit Grigori, am nächsten Tag zu Peters Familie reiten, um dort auf ihn zu warten. Dort würde er sie auch sicher wieder finden. Den ganzen Abend lag sie weinend in seinem Arm und auch Peter verfluchte in diesem Moment sein Los, aber er war Offizier und seine Heimat rief nach ihm. Erst spät kamen die Beiden ins Bett.

19. Kapitel

Neue Kämpfe

Am nächsten Morgen traten alle an. Peter und Jutta verabschiedeten sich vor der Unterkunft. Der Mann zog den Tornister fest, der alles enthielt, was er in den nächsten Wochen brauchen würde. Jutta hatte die Zügel Grigoris in der Hand und ihre Sachen waren schon in den beiden Packtaschen auf dem Pferd verstaut. Viel war es immer noch nicht, was sie Beide hatten. Ihr ganzer Besitz passte in diese paar Taschen. Peter ging zu seiner Kompanie und seine Frau sah ihm noch lange nach, bevor sie auf das Pferd stieg und der Heimatstadt entgegen ritt.

In Eilmärschen zog die kleine sächsische Armee in Richtung Bautzen, wo sie fast aus dem Marsch heraus in die Schlacht eingreifen musste. Zusammen mit den französischen Truppen blieb sie aber siegreich an diesem 21. Mai. Nun begann ein Feldzug, der den ganzen Sommer von Schlacht zu Schlacht führte. In Reichenbach waren sie ebenfalls siegreich und die Truppen befreiten schließlich ganz Sachsen.

Sie kämpften gegen Russen und Preußen. Die Preußen, mit denen sie einst gegen Napoleon und danach mit Napoleon gegen die Russen gekämpft hatten. Und die nun mit den Russen gegen Napoleon und die Sachsen in den Krieg zogen. An manchen Abend sagte sich Peter insgeheim, dass diese es sicher richtig gemacht hatten. Hätte nicht auch die sächsische Armee, nach dem verlorenen Krieg in Russland, sich mit den Russen verbünden sollen? Beim Blick in das Lagerfeuer hatte er wieder die Bilder der brennenden Steppe und des brennenden Moskaus vor sich. Nicht nur der Ruß des Feuers trieb ihm an manchen Abenden die Tränen in die Augen.

Nun zogen sich die Kämpfe mehr in Richtung Schlesien. Peter verlor mit jedem Kampf und jeder Schlacht mehr von seinen gut ausgebildeten Männern und erhielt als Ersatz nur Soldaten, die in der Linieninfanterie Dienst tun konnten, aber nicht bei ihm, in der leichten Infanterie. In der Folge verlor er immer zuerst die Neuen und danach auch viele von seinen guten Männern. In der Schlacht bei Großbeeren am 23. August 1813 wurden sie fast vernichtend geschlagen. Nach dieser Schlacht hatte Peter noch zehn Mann in seiner Kompanie.

An manchen Tagen sah er nun zornig oder traurig in das Feuer. Was konnte er tun, um das Sterben zu beenden? Nichts! Gestand er sich selber ein. Immer öfter dachte er auch an Jutta. Bei der Schlacht bei Hagelberg konnten seine paar Leute schon nur noch als Reserve eingesetzt werden, so dass er fast untätig beim Stab stand und zuschauen musste, wie die Schlacht verloren ging, ohne das er daran etwas ändern konnte. Schließlich wurden die Reste der einst so starken Armee in der Schlacht bei Dennewitz am 6. September vollständig vernichtet. Da Peter wieder beim Stab war hörte er, wie einer der französischen Generäle den Sachsen lautstark die Schuld an der Niederlage gab. Doch wer war denn nun wirklich Schuld daran?

Jutta war wieder in ihrem Elternhaus untergekommen. Sie hätte zwar auch in Peters Haus wohnen können, doch das gefiel ihr nicht so gut. Den ganzen Sommer über wartete sie jeden Tag auf Post von ihrem Mann. Sie verschlang die Zeilen regelrecht, wenn sie mal wieder eine Nachricht erhielt. Langsam wuchs auch das Kind in ihr heran. Im Winter würde es geboren werden. Im Januar, wenn alles gut ging.

Peters Bruder Kurt und Hans, der Mann seiner Schwester, waren ebenfalls in die Armee eingetreten und auch von den beiden kam ab und zu Post. So wie tausende sächsische Frauen und Mütter wartete Jutta, Peters Mutter und seine Schwester täglich auf ein Lebenszeichen der Männer und Söhne, die in der Schlacht waren.

Anfang August kam Post, dass Kurt gefallen war und Hans kam schwer verletzt wieder nach Hause. Nach einem Säbelhieb konnte er seinen rechten Arm nicht mehr benutzen. Jutta zog nun doch in Peters Elternhaus, um die Familie dort zu unterstützen. Bedingt durch seinen steif gebliebene Arm konnte Hans nun nicht mehr in der Weberei arbeiten, in der er noch vor seiner Einberufung tätig gewesen war. Da das Geld aber nun doch knapp wurde, versuchte er dort eine Tätigkeit zu finden, die er mit nur einem Arm ausführen konnte. Diese Hilfsarbeit wurde natürlich nicht so gut bezahlt, aber jede verdiente Münze half.

Da Jutta einen Teil von Peters Sold erhielt, konnte sie der Schwester etwas helfen, durch die Fürsprache von Hans bekam Jutta auch in der Weberei eine Arbeit, so dass sie nun jeden früh mit Hans zur Manufaktur ging und abends vollkommen erschöpft wieder nach Hause kam. Aber so musste sie wenigstens nicht jeden Tag daran denken, dass ihr Mann in solch einer Gefahr war. Es lenkte sie etwas ab.

Jeden Tag, außer sonntags, von Sonnenauf- bis –Untergang arbeitete sie an dem Webstuhl und stellte den Stoff her, aus dem dann später die weißen Uniformen der Soldaten werden würden. Auch auf diese Art war sie letztendlich immer mit den Soldaten, und somit auch mit ihrem Mann, verbunden. An manchen Abenden hörte sie Peters Mutter in ihrer Kammer weinen und doch konnte sie die Frau nicht trösten, eigentlich hätte auch Jutta Trost gebraucht, nur hinter verschlossenen Türen konnte sie darüber nachdenken, wie ihr Leben gerade war. Oft weinte sie dann auch.

Peters ungeborenes Kind wuchs in ihr heran und das von seiner Schwester musste in den nächsten Tagen zur Welt kommen. Mitten in einer Sommernacht setzten bei der Frau die Wehen ein. Jutta und Peters Mutter versuchten Karola zu helfen, so gut sie es konnten. Hans hatte sich aufgemacht den Arzt zu hohlen. Zusammen mit dem Arzt versuchten die beiden Frauen das Kind zu holen, doch sie konnten der vor Schmerzen schreienden Frau nicht helfen. Das Kind konnte nicht auf die Welt kommen.

Als die Sonne am Morgen aufging waren Mutter und Kind gestorben. In seiner Verzweiflung lief Hans aus dem Haus, er stieß Jutta, die ihn zurück halten wollte, zur Seite. Peters Mutter brach vor Kummer weinend in der Küche zusammen. Sie hatte innerhalb eines Monats das zweite Kind und ihr erstes Enkel verloren. Instinktiv verschränkte Jutta ihre Arme vor dem Bauch, um ihr Kind zu schützen. Auch sie ließ ihren Tränen freien Lauf, nachdem sie auf ihr Zimmer gegangen war. Aber das Leben musste weiter gehen. Überall Kämpfe ums nackte Überleben. An der Front genauso, wie in der Heimat. Am nächsten Tag mussten alle wieder ihrer Arbeit in der Weberei nachgehen.

20. Kapitel

Entscheidungen und Zweifel

Ein paar Tage später hatten sie Karola und das ungeborene Kind, das noch immer in ihr war, hinter der kleinen Kirche beerdigt. Jutta hatte Hans nicht wieder gesehen. Einige Leute aus der Stadt hatten ihn in den Wald laufen sehen und dort war er verschwunden. Niemand wusste etwas und wo sollten sie ihn denn auch suchen. Jutta versuchte Peters Mutter so gut es ging zu unterstützen, aber zusätzlich zu der Sorge um ihren Mann, kam nun auch noch die Angst, ob bei ihr und dem Kind alles gut gehen würde.

Natürlich hatte Jutta gewusst, dass jede Geburt ein Risiko war, aber es so nah zu sehen, dass machte ihr schon Angst. Sie versuchte so viel und so schwer wie möglich in der Manufaktur zu arbeiten, um sich von den Gedanken abzulenken, doch abends, wenn sie alleine in ihrem Zimmer war und auf den Mond vor dem Fenster schaute, kam die Angst zurück. Wovor sie eigentlich Angst hatte, wusste sie nicht genau, es gab so viele Dinge die Angst machen konnten und alles wirkte zusammen.

Jeden Sonntag, nach dem Gottesdienst, ging Jutta zu dem kleinen Grab und versuchte sich zu beruhigen, aber das Grab verstärkte nur noch ihre Zweifel und Ängste. Wenn doch wenigstens Peter wieder da wäre, aber der war immer noch bei der Armee. Und der Rest seiner Familie hatte genug eigenen Kummer. Nur zu ihrer eigenen Mutter konnte sie sich manchmal zurückziehen und ihren Kummer bei ihr loswerden. Gemeinsam saßen sie dann hinter dem Haus in dem kleinen Garten und unterhielten sich.

Nach Karolas Tod hatte sich Gisela, Peters jüngste Schwester, die gerade mal zwölf Jahre alt war, an Jutta gewandt, so als ob diese nun ihre große Schwester war. Auch mit ihr konnte sich Jutta austauschen, aber Gisela war eben noch sehr jung. So gut es ging versuchte Jutta auch Gisela zu helfen. Es war fast so, als wäre sie nun das Oberhaupt der Familie, immer mehr Aufgaben, die eigentlich Peters Mutter erfüllen musste, übernahm nun Jutta.

Sie bemerkte auch manchmal den leicht verwirrten Blick der älteren Frau. All der Kummer hatte ihr schwer zugesetzt. Einen Monat nach Karola schloss auch Peters Mutter für immer ihre Augen. Nun war Jutta, als älteste Frau im Haus, auch noch der Haushaltsvorstand. Jetzt hatte sie die Arbeit in der Manufaktur, die Geschwister von Peter und dessen Vater zu versorgen. An manchen Abenden fiel sie erschöpft in ihr Bett und schlief sofort ein, auf diese Art hatte sie aber auch keine Zeit mehr zum Grübeln und die Angst war vollkommen in den Hintergrund getreten. Jutta hatte einfach keine Zeit mehr für die Angst.

Den ganzen September hatte sich Peter jeden Abend Gedanken gemacht. Seine Kompanie war mit frisch einberufenen Soldaten wieder auf das volle Maß aufgefüllt. Nun musste er ihnen nur noch alles beibringen, was sie in der Schlacht brauchen würden. Von den im Mai ausgebildeten Soldaten hatte er gerade noch zehn Mann, diese halfen ihm bei der Ausbildung.

In dieser Zeit hatten sie etwas Ruhe, es gab keine Schlachten und auch kaum Kämpfe. Und in ihrem derzeitigen Ausbildungsstand hätten sie ja sowieso nicht kämpfen können. Immer wieder musste Peter daran denken, dass der General in der Schlacht den Sachsen die Schuld am Scheitern gegeben hatte, obwohl ihre kleine Armee nur einen ganz geringen Teil des verbündeten Heeres ausmachte.

Peter dachte an die Schlacht von Borodino zurück, gerade mal ein Jahr war das jetzt her. Damals hatten sie vorn gekämpft und die französische Garde hatte auf Napoleons Befehl hinter ihnen gewartet, bis die Schlacht vorbei gewesen war. Wofür kämpften sie hier eigentlich? Vielleicht hätten sie damals schon die Seiten wechseln sollen! Oder zumindest, so wie die Preußen, unmittelbar nach der Rückkehr in die Heimat. Irgendwie fühlte es sich falsch an, dass sie nun mit den Franzosen gegen die Russen und Preußen kämpften.

Peter konnte aber darüber mit keinem Reden. Es würde ihm sicher als Meuterei ausgelegt und er vermutlich sofort standrechtlich erschossen werden. So saß er nun am Feuer und überlegte, was zu tun sei. Vielleicht konnte er ja beim nächsten Gefecht in Gefangenschaft gehen? Bis dahin war die Ausbildung seiner neuen Soldaten wichtiger. Seine Männer waren alle so jung. Viele von ihnen waren nur als Stellvertreter für jemanden anders, der nicht zur Armee wollte, einberufen worden. Dafür hatten die Familien etwas Geld erhalten und die jungen Männer riskierten dafür ihr Leben.

Keiner seiner Männer war älter als 21 Jahre. Peter dachte an seine erste Zeit in der Armee zurück, damals war er 19 gewesen und jetzt gerade mal 26. Alle Kämpfe und Entbehrungen hatten dafür gesorgt, dass er mit noch nicht einmal dreißig Jahren schon die ersten grauen Haare hatte. Wenn er an alle die zurückdachte, die er in den vergangenen Jahren kennen gelernt hatte, so war er einer der letzten die 1806 noch gegen Napoleon gekämpft hatten. Warum sollte er das jetzt nicht auch machen?

Peter hatte gehört, dass einige sächsische Soldaten, die mit ihm zusammen in Russland gekämpft hatten, zur russischen Armee übergelaufen waren und dort jetzt gegen Napoleon kämpften. War es für Sachsen schon zu spät? Was würde passieren, wenn Napoleon verliert? Immer mehr Gedanken kreisten in seinem Kopf umher und all das musste er mit sich alleine ausmachen. Aus den Briefen seiner Frau hatte Peter erfahren, wie schwer es in der Heimat war zu überleben. Von hier aus konnte er aber nichts unternehmen, um das Los seiner Frau etwas leichter zu machen.

Peter lehnte sich zurück und sah dem blauen Rauch aus der kleinen Pfeife nach. Das Wölkchen zog nach oben weg, so ähnlich wie der Pulverdampf aus seiner Büchse, mit der er täglich übte. Über sich im Baum hörte er wieder das Käuzchen rufen und dachte daran, dass er es auch am Abend vor dem Einmarsch nach Russland gehört hatte. War es jetzt ein Gutes oder schlechtes Zeichen? Morgen würde der Oktober beginnen und er nahm es als gutes Zeichen. Schließlich hatte er ja auch den Kampf in Russland, wenn auch mit viel Glück, überlebt.

Er schaute nach oben und konnte den kleinen Nachtvogel auf dem Ast sitzen sehen. Für einen Moment sahen sie sich beide in die Augen. Peter nickte, er hatte verstanden. Der Ruf des Käuzchens hatte ihn zu einem Entschluss gebracht und er hoffte, dass er ihn nicht bereuen würde.

21. Kapitel
Seite an Seite

Mitten im Oktober war Napoleon mit seiner Armee vor den Verbündeten durch ganz Sachsen geflüchtet. Jetzt war er in Leipzig angekommen und fast ganz Sachsen war nicht mehr unter seiner Kontrolle. Auf dem Rückzug hatte es kaum Gefechte gegeben und Peter war mit seiner Kompanie einfach nur als Reserve mit marschiert.

Noch hatte er keine Möglichkeit gesehen, sich vom Heer zu lösen. Auch die Verantwortung für seine Männer wollte er nicht einfach so von sich geben. Was würde mit ihnen geschehen? Er musste eben einfach Geduld haben und solange sie als Reserve eingesetzt waren, konnte ihnen auch nichts passieren. Dachte der Offizier zumindest.

Nun hier vor Leipzig sollte die Entscheidung fallen und es würde nicht nur die Entscheidung sein, ob Napoleon in Sachsen siegreich sein würde, sondern auch die Entscheidung, auf welcher Seite Peter zukünftig kämpfen würde. Eigentlich war die Entscheidung schon damals unter dem Baum mit dem Käuzchen gefallen, nur Peter hatte noch keine Gelegenheit gehabt, sie auch in die Tat umzusetzen.

Die Schlacht tobte nun schon den dritten Tag, es war der 18. Oktober. Und an diesem Tag warf Napoleon auch die sächsische Reserve in die Schlacht. Peters Schützenkompanie sollte bei einem kleinen Dorf, mit Namen Paunsdorf, die Stellung halten und so dafür sorgen, dass sich Napoleon weiter zurückziehen konnte. An einen Sieg glaubte schon keiner im französischen Heer mehr.

Die Sachsen sollten ihren Leib hinhalten, damit die Franzosen fliehen konnten. So war der Plan und Peter zog an der Spitze seiner Kompanie los. Der Mittag war schon vorbei und unter gegenseitiger Sicherung zogen die Schützen durch das, durch Kanonen, in Brand geschossenes Dorf. Dichter Rauch behinderte die Sicht und die verwinkelten Ruinen der Höfe machten das Vorgehen auch nicht leichter. Die Büchse immer im Anschlag und an jeder Hausecke vorsichtig schauend, gingen die Soldaten vorwärts.

Nach Plan hätte es genügt, das Dorf nur zu halten, aber Peter hatte ja etwas anderes vor. Nur das konnte er seinen Soldaten so natürlich nicht sagen. Unmittelbar vor sich sah er eine Bewegung und gab seine Soldaten das Zeichen zum Stopp. Die Büchse im Anschlag trat er an die Ecke und sah nach vorn.

Peter sah genau in die Mündung einer Büchse. Die beiden Mündungen trennte nicht einmal eine Armeslänge. Über die Büchse hinweg erkannte Peter seinen russischen Freund und auch Pjotr hatte ihn erkannt. Beide nahmen die Gewehre herunter und lächelten sich an. Peters Soldaten waren nun etwas verwirrt. Was sollten sie tun? Was macht ihr Offizier da? Peter und Pjotr gingen den letzten Schritt noch aufeinander zu und gaben sich die Hand.

Sie umarmten sich und die sächsischen Soldaten ließen ihre Waffen sinken. Alle schauten Peter fragend an, aber sie vertrauten ihrem Offizier. „Vorwärts Jungs, jetzt geht es in die andere Richtung!" rief Peter seinen Soldaten zu und Pjotr rief etwas in Russisch zu den seinen. Jetzt sah Peter auch Iwan hinter einem der Gebäude stehen und nickte ihm zu. Da die sächsischen Soldaten immer noch eher unschlüssig da standen, gingen nun die beiden Offiziere, Seite an Seite, durch das Dorf. Die Waffen weiter im Anschlag, nur das nun die Sachsen gegen die Franzosen in den Angriff übergingen.

Alle seine Soldaten schlossen sich Peter an. Die Feinde von eben waren nun ihre Freunde. Vorsichtig und von Deckung zu Deckung zogen sie durch das fast völlig zerstörte Dorf. Durch den Rauch behindert war die Sicht oft keine fünfzig Schritte weit. In einem der Gehöfte, das nur noch aus den Mauern des Hauses bestand, hatten sich viele französische Soldaten verschanzt. Sie schossen durch die Fenster und über die Reste des Zaunes auf Pjotrs Einheit.

Da es vor der Mauer nicht viel Deckung gab, versuchten die beiden Offiziere mit einer Handvoll Männer durch einen Graben näher an das Haus zu kommen. Leise und geduckt bewegten sie sich vorwärts. Jeder Laut konnte ihren Plan zum Scheitern bringen. Am Ende des Grabens angelangt, schaute Peter auf die Seite des Gehöftes. Hier gab es keine Fenster und der Zaun war auch an einer Stelle durch einen Kanonenschuss zerstört. Sie waren offensichtlich unbemerkt geblieben.

So schnell sie konnten rannten sie die letzten fünfzehn Schritt bis zum Zaun. Es kam Peter unendlich lange vor, bis sie die Freifläche endlich überwunden hatten, doch kein Schuss fiel von französischer Seite aus auf sie. Im Kampf Mann gegen Mann wurde das Gehöft gestürmt und von der sächsisch - russischen Einheit übernommen. Da es schon langsam auf den Abend ging, beschlossen sie in diesem Gehöft zu bleiben. Die Toten wurden nach draußen gebracht, die Verletzten und Gefangenen wurden von einer Gruppe aus Pjotrs Einheit nach hinten geführt.

Peter teilte mit seinem Freund zusammen die Wachen für die Nacht ein, so dass immer ein Sachse und ein Russe zusammen Dienst hatten. Alle die nicht auf Wache waren trafen sich in der Ruine des großen Hauses an einem Feuer und teilten ihre Vorräte. Mit Händen und Füßen wurde erzählt und wenn eine Übersetzung nötig war, so griffen Peter und Pjotr in das Gespräch ein. Pjotr erzählte von seiner Familie und Peter von seiner Frau Jutta.

Die beiden Offiziere zeigten sich Bilder ihrer Liebsten. Später beschlossen sie immer abwechselnd zu schlafen und immer einen als diensthabenden Offizier wach zu lassen. Peter sollte als erster schlafen und rollte sich in einer Ecke zusammen. Jetzt, da er etwas zur Ruhe gekommen war, überlegte er sich, was er eigentlich am Nachmittag gemacht hatte. Erst jetzt wurde ihm klar, dass er durch das wechseln der Seiten eigentlich Fahnenflucht und Landesverrat begangen hatte. Der Gedanke daran ließ ihn zusammenzucken. „Wenn wir diese Schlacht nicht gewinnen, dann werden wir alle erschossen." sagte er leise zu sich selbst.

„Wir werden diese Schlacht und den ganzen Krieg gewinnen." sagte Pjotr vom Feuer aus, der Peters leise Worte gehört hatte. Peter nickte und schlief beruhigt ein. Nach einer ganzen Weile weckte Pjotr Peter wieder. Peter übernahm die Wache und sein Freund legte sich in die Ecke. Bis auf ein paar Schüsse war es in der Nacht ruhig. Als Peter über den Zaun schaute, sah er die Feuer ringsum. Die brennenden Dörfer rund um Leipzig. Vermutlich waren nur wenige Häuser von der Zerstörung verschont geblieben.

22. Kapitel

Ein neuer Dolch

Noch bevor die Dämmerung des neuen Morgens einsetzte, weckte Peter seinen Freund und alle anderen, die noch schliefen. Sie setzten sich an die Feuer und wärmten sich auf, da es in der Nacht doch schon deutlich kälter geworden war. In der Nacht hatte Peter die vielen Feuer gesehen. An einigen wärmten sich Freund oder Feind und andere waren die Flammen der brennenden Dörfer gewesen. Nichts war in der Nacht passiert.

Nach Sonnenaufgang setzte sich die gemischte Einheit wieder in Bewegung. Die russische Gruppe, die die Gefangene und Verwundeten nach hinten gebracht hatte, war in der Nacht zu ihnen zurückgekehrt und hatte Nachrichten mitgebracht. Das ganze sächsische Heer hatte die Seiten gewechselt und kämpfte nun gegen die Franzosen. Peter war daher sehr beruhigt, was seine Überlegungen des Abends anging. Sie sollten entlang einer Straße vorgehen und die feindlichen Truppen nach Leipzig zurück drängen.

Außerhalb der Ortschaften und Dörfer war die Sicht gut, nur innerhalb war durch die Brände und Zerstörungen kein leichtes vorwärts kommen. Überall lagen tote Pferde. Wer von der Zivilbevölkerung nicht schon vor Anbruch der Schlacht geflohen war, der lebte nun in Kellern oder war ebenfalls tot. Tote Soldaten aller Nationen waren einfach neben den Häusern auf Haufen gestapelt. Sachsen, Preußen, Russen und Franzosen lagen nun im Tode friedlich vereinigt. Nur die Uniformen waren unterschiedlich.

Es gab nur geringe Kämpfe, da sich der größte Teil des französischen Heers im Rückzug befand, der vielerorts eher einer heillosen

Flucht glich. Nur hin und wieder wurde Widerstand geleistet, um Zeit zu gewinnen. Von einem geordneten Kampf, so wie er vor zwei Tagen begonnen hatte, konnte schon lange nicht mehr die Rede sein. Die Gruppe kam zügig voran und vor ihnen zeichneten sich schon die ersten Häuser der Stadt Leipzig ab.

In einem kleinen, ebenfalls völlig zerstörten, Dorf mussten sie überraschend einen Gegenangriff der Franzosen abwehren. Etwa hundert Mann stürmten auf die etwa gleichstarke gemischte Gruppe zu. Es entbrannte ein wildes Gefecht Mann gegen Mann. Die Sachsen und Russen waren aber die besseren Schützen, als die französische Linieninfanterie. Diese versuchten nun mit Gewalt in einem Sturmangriff das Dorf einzunehmen.

Peter war gerade beim Laden seiner Büchse, als ein Franzose keine fünf Schritte vor ihm aus dem Rauch auftauchte. Das Pulver war schon im Lauf nur die Kugel fehlte noch. Peter ließ den Ladestock stecken, streute Pulver auf die Pfanne. Das Hochreißen und Abfeuern der Büchse war eins gewesen. Auf Armeslänge schoss er dem Angreifer seinen Ladestock genau durchs Herz. Im nach vorn umfallen bohrte der sein Bajonett in Peters Bein und Beide fielen nach hinten um.

Peter schaute auf das in seinem Oberschenkel steckende Bajonett mit dem Gewehr daran. Er spürte keinen Schmerz, nur einen Druck. Mit beiden Händen zog er das Gewehr nach oben und warf es zur Seite. Mit einem breiten Stück Stoff verband er seine Wunde. Als er aufstehen wollte knickte er wieder ein. Der Offizier griff sich seine Büchse und den Ladestock aus der französischen Muskete, dann stemmte er sich an einem umgestürzten Wagen hoch. Von dort aus schoss er auf die Feinde und dirigierte seine Männer.

Nach etwa zwei Stunden hatten sie das Dorf eingenommen. Auf seine Büchse gestützt humpelte Peter zu seinem Freund. Als Pjotr das blutverschmierte Bein seines Freundes sah, ließ er ihn sofort von zwei seiner Soldaten in ein Lazarett tragen. Nun bewegten sich die beiden Freunde wieder voneinander weg. Etwa eine Stunde später war Peter im Lazarett. Es stank abscheulich und überall lagen schreiende oder sterbende Menschen.

Einer der Ärzte sah sich Peters Bein an und schüttelte den Kopf. „Entweder es wird steif bleiben oder wir amputieren." sagte er während er schon zur Säge griff. „Dann soll es lieber steif bleiben." sagte Peter bestürzt. Noch immer hatte er keine Schmerzen im Bein. Der Arzt nickte und sagte „Das ist ihre Entscheidung." dann säuberte er die Wunde, nähte sie ohne Betäubung zu und verband das Bein. Peter wurde in eines der Zelte gelegt und bekam etwas zu essen und zu trinken.

Ein paar Stunden später meldete sich sein Bein doch noch. Es pochte und pulsierte an der Stelle, an der ihn das Bajonett getroffen hatte, und er hatte das Gefühl, den Stahl immer noch in seinem Bein zu spüren. Um sich abzulenken dachte er nach und plötzlich hatte er eine Idee. Peter setzte sich vorsichtig auf und holte einen der Melder zu sich. Da er an der Uniform als Offizier zu erkennen war, kam dieser sofort. „Wie heißt du?" fragte Peter. „Hans." antwortet der Melder. „Ich habe für dich einen Auftrag. Kennst du hier in der Nähe einen Schmied?" fragte Peter und Hans nickte. Peter zog sein Jagdmesser und zeigte es Hans. „So eines brauche ich noch einmal, nur mit einer anderen Inschrift. Kannst du mir so eines beschaffen?"

Das „Du" des Offiziers irritierte Hans etwas, doch er nickte und nahm das Messer an sich. Schnell machte er sich mit dem Messer und dem Zettel, mit der darauf notierten gewünschten Inschrift, auf den

Weg zu einem Dorfschmied, der in einem der Dörfer außerhalb Leipzigs lebte. Einen kleinen Beutel mit Münzen hatte er von Peter ebenfalls erhalten und auch das Versprechen auf einen weiteren Beutel, wenn er den Auftrag gut ausführen würde. Der Schmied besah sich das Messer und machte sich sofort ans Werk.

Aus einem Block Eisen wurde ein glühendes Stück heraus geschmiedet, dass der Schmied immer wieder faltete und neu heraus schmiedete. Immer wieder wurde es im Offen glühend gemacht. Nach einer Stunde hatte es schon die Form eines Messers und nach einer weiteren Stunde war es fertig. Hans hatte in der Zwischenzeit bereits aus Eichenholz den Griff geschnitzt, der perfekt an das Messer passte. Er übergab das Geld und eilte zu einem Sattler, der schnell die Hülle nähte.

Noch vor Einbruch der Dämmerung war Hans wieder mit den beiden Messern bei Peter angekommen. Der Offizier staunte über die schnelle und gute Arbeit. Bis auf den Griff und die Inschrift waren die beiden Messer vollkommen gleich. Peter öffnete seinen Tornister und griff sich zwei Beutel mit Münzen. Mit den Worten „Du hast es dir verdient." gab er Hans die beiden Beutel, die dieser dankend gern annahm. Peter steckte sein Messer wieder in seinen Gürtel und verstaute das andere in seinem Tornister. Die Schmerzen in seinem Bein waren auch weniger geworden und er hoffte die Nacht etwas schlafen zu können.

23. Kapitel

Ein Versprechen

Am Morgen wachte Peter durch die Schmerzen in seinem Bein auf. Eine Frau wechselte seinen Verband und der Arzt kontrollierte noch einmal die Wunde. Alles sah soweit gut aus, wenn nur die Schmerzen etwas weniger gewesen wären. Zum Essen setzte sich Peter im Bett auf. Es gab Brot und Erbsensuppe. Er schlang das Essen hinunter und bat um eine zweite Schüssel Suppe, die ihm auch kurz darauf gebracht wurde.

Rings um ihn lagen verletzte, vor Schmerzen schreiende Soldaten aus allen Armeen. Der Geruch, der durch die Zelte zog, war widerlich und Peter hatte sich das Essen fast hineinzwingen müssen. Nur nicht daran denken, was ihm hätte passieren können. Da es schon Mitte Oktober war, waren auch die Nächte schon empfindlich kühler geworden und hier in diesen Zelten war es sowieso nicht so warm gewesen. Ein paar Soldaten im Zelt waren über Nacht gestorben und wurden nach draußen getragen, damit Platz für neue Verwundete wurde. die sicher im Laufe des Tages in dem Lazarett eintreffen würden.

Gegen Mittag traf Pjotr mit Iwan zu Besuch bei Peter ein, während Pjotr sich auf das Bett des Freundes setzte, stand Iwan mit angeekeltem Gesicht am Eingang des Zeltes und versuchte etwas frische Luft zu erhalten. „Wie geht es dir?" fragte Pjotr und Peter antwortete „Ganz gut. Das Bein ist noch dran. Was man von vielen anderen nicht sagen kann." dabei zeigte er auf den Berg von amputierten Armen und Beinen, die nicht weit entfernt, am anderen Ende des Lazarettes lagen. „Aber es wird wohl steif bleiben, hat der Arzt gesagt." setzte er fort. „Wenn nur die Schmerzen nicht wären."

Pjotr winkte Iwan zu sich und nahm aus dessen Tasche ein paar Kräuter und gab sie Peter „Die sind von Ljuba. Lege sie auf deine Wunde und die Schmerzen werden vergehen." „Ich danke dir. Wie ist die Schlacht verlaufen?" fragte Peter. „Wir haben gesiegt. Napoleon ist auf der Flucht." erwiderte Pjotr erfreut. „Leider ist er euch entkommen, sonst wäre der Krieg vorbei. Nun müsst ihr ihn weiter verfolgen, damit wir vor ihm Ruhe haben. Mein Krieg ist aber vorbei." sagte Peter und zeigte auf sein Bein.

„Wir werden ihn jagen und zur Strecke bringen." antwortete Pjotr entschlossen. „Wo wir gerade bei der Jagd sind" begann Peter und nahm seinen Tornister. Er öffnete die Tasche und zog das neue Messer heraus. „Es möge dir so viel Glück bringen, wie deines mir gebracht hat." beendete Peter seine Rede und überreichte dem Freund das Messer.

Pjotr sah das Messer an und bedankte sich dafür bei dem Freund. „Was wirst du jetzt machen?" fragte er und zeigte auf Peters Bein. „Es wird bestimmt lange dauern bis ich es wieder benutzen kann, aber ich werde sicher, wie mein Vater, Jäger werden. Besuche mich doch mal dort, wenn du in der Nähe bist" die beiden Freunde verabschiedeten sich mit einen Händedruck und einer Umarmung. Pjotr sagte zum Schluss „Wenn wir Russen, Sachsen und Preußen zusammen halten, kann uns nichts in der Welt aufhalten." „Wir bleiben Waffenbrüder." sagte Peter. Pjotr nickte ihm zu und dann verließ er das Zelt.

Die Kräuter halfen sehr gut. Bereits am nächsten Abend konnte Peter, zur Verwunderung des Arztes, schon wieder seine Zehen bewegen. Da die Schlacht nun beendet war, und Leipzig befreit, wurde das Lazarett in die Stadt verlegt, wo sie eine große Halle bezogen. Vom Wagen aus hatte Peter gesehen, dass auch in Leipzig einige Häuser zerstört waren, bei weitem aber nicht so viele, wie in den Dörfern rings um die Stadt, wo oft kein Stein auf dem anderen geblieben war.

In der Lagerhalle versuchte Peter bereits am ersten Tag von seinem Bett aufzustehen, was ihm nur mühselig gelang. Er musste sich überall festhalten und stütze sich an der Wand ab. Ein paar Tage später humpelte er, auf eine Krücke gestützt, durch das Lazarett. Anfang November war das Bein soweit auskuriert, das Peter wieder reiten konnte. Er versuchte zuerst auf ein still stehendes Packpferd des Lazarettes zu klettern, das im Hof vor der Halle angebunden war. Die ersten zwei Versuche scheiterten, aber als Peter eine Leiter benutzte, gelang es ihm aufzusitzen. Im Schritt ging das müde Pferd durch den Hof, aber Peter war glücklich. Nun konnte ihn niemand mehr im Lazarett halten.

Er kaufte sich, mit der Hilfe von Hans, bei einem Bauern ein Pferd, einer der Männer aus dem Lazarett half ihm, zusammen mit Hans, beim Aufsteigen. Peter verabschiedete sich bei Hans und drückte ihm für seine Hilfe einen kleinen Beutel mit Münzen in die Hand. Der Arzt reichte ihm seine Krücke hoch, die sich Peter auf den Rücken hängte. Mit einem Händedruck verabschiedeten sich die beiden Offiziere. Der Arzt und Hans winkten Peter noch lange hinterher. So schnell das Pferd konnte, ritt der Mann los und die Bäume am Straßenrand flogen nur so asn ihnen vorbei. Am Abend des Tages war er wieder in seiner Heimatstadt zurück und schloss seine Frau in die Arme.

Den ganzen Winter übte er das Laufen und es ging immer besser. Zuerst nur im Haus, aber dann schon kurze Wege in der Stadt. Mit jedem Tag ging es besser und nach einem Monat ging das sogar schon ohne Krücke. Nun versuchte er seine Frau zu entlasten, wo es ging. Ihr Bauch war immer dicker geworden und das Aufstehen fiel ihr oft schwer. Ab Mitte Dezember konnte sie auch nicht mehr in der Manufaktur arbeiten. Da Peters Sold noch weiter gezahlt wurde, konnten sie auch davon leben, mussten sich aber sehr einschränken. Es reichte gerade so aus.

Peter reichte, so wie er es Pjotr schon gesagt hatte, ein Gesuch um die Stelle seines Vaters ein, das er per Bote nach Dresden schickte. Obwohl Jutta Angst vor der Geburt hatte, ging alles ohne Komplikationen. Mitten im Januar brachte seine Frau eine gesunde Tochter zur Welt und am Tag darauf erhielt er aus Dresden die Berufung in sein neues Amt. Zusammen mit seinem ersten Geld als Jäger übereichte ihm der Bote das Schreiben. Nun konnte er seine Familie wieder etwas besser versorgen und da sein Vater nun auch schon sehr alt war, übernahm Peter gleichzeitig das Amt des Familienoberhauptes in dem kleinen Haus.

24. Kapitel

Hoher Besuch

Seit der Schlacht bei Leipzig waren nun schon wieder zwei Jahre vergangen. Jutta war mit ihrem zweiten Kind schwanger und saß, ihre Tochter Gisela auf dem Schoß, in der Küche ihres Hauses. Von seinem Geld hatte Peter einen Webstuhl gekauft, auf dem sie in Heimarbeit Stoffe für die Manufaktur herstellte. So konnte sie arbeiten und gleichzeitig auf ihre Tochter aufpassen.

Peter betrat die Küche, gab seiner Frau einen Kuss und strich seiner Tochter über den Kopf. Er nahm seine Jacke, die Tasche und seine Büchse. „Ich gehe in den Wald im Norden und kontrolliere dort den Tierbestand. Heute Abend bin ich wieder da." sagte er und seine Frau nickte. Er zog das eine Bein noch etwas hinterher beim Gehen, aber sonst ging es ihm ganz gut. Er verließ die Küche und zog die Haustür ins Schloss.

Jutta schaute ihm hinterher, danach ging sie in das andere Zimmer an den Webstuhl. Gisela spielte in einer Ecke mit ihrer Puppe, während die Frau den Webstuhl in Bewegung setzte. Das Schiffchen sauste durch die Fäden und unter den flinken Händen der Frau wuchs der Stoff immer mehr an. Nach dem Mittag kam ein Wagen aus der Manufaktur und holte den Stoff des Vortages ab. Da Jutta nicht mehr so schwer heben konnte, lud einer der Arbeiter den Stoff auf. Für ein paar Minuten war dann auch noch Zeit, um ein kleines Gespräch zu führen. Gisela hielt sich an Juttas Rock fest und zeigte dem Mann ihre Puppe.

Nach einer Stunde, in der sie weiter gewebt hatte, klopfte es an der Tür. Ein fremder, gut gekleideter Mann stand vor der Tür. „Hallo

Jutta, ist Peter da?" fragte er. Die Frau war überrascht. Wer war dieser Mann und woher kannte er sie? Der Mann hatte den fragenden Blick bemerkt und setzte hinzu „Ich bin Pjotr.". Schnell bat sie ihn ins Haus. Sie setzten sich in die Küche. „Peter ist im Wald. Er kommt erst heute Abend zurück." sagte sie und setzte sich Gisela auf den Schoß.

Sie unterhielten sich noch ein paar Minuten, bis Pjotr aufstand und sagte „Ich wohne noch zwei Tage im Gasthof." Jutta begleitete ihn zur Tür und setzte sich dann wieder an ihren Webstuhl. Als es dunkel wurde brachte sie ihre Tochter ins Bett und machte dann das Essen für ihren Mann warm. Genau in dem Moment, als die Suppe zu kochen begann, trat Peter in die Küche. Er hängte seine Tasche und Jacke an den Haken, danach setzte er sich an den Tisch.

„Dein Freund Pjotr war hier." sagte die Frau, als sie die Suppe vor ihren Mann setzte. „Er wohnt im Gasthof." setzte sie hinzu, als sie das Brot holte. „Heute ist es schon zu spät, ich gehe morgen hin." sagte Peter nach dem Essen. Dann ging er nach seiner Tochter sehen. Die Arbeit im Wald hatte ihn müde gemacht und er schlief schon wenig später.

Am nächsten Morgen machte er sich auf den kurzen Weg über den Platz zum Gasthof. Pjotr saß mit Iwan in der Schankstube und sie ließen sich das Frühstück schmecken. Peter begrüßte die Beiden und setzte sich mit an den Tisch. „Ich habe bei Waterloo gekämpft und bin danach zum General befördert worden" sagte Pjotr im Laufe des Gespräches „Aber nun werde ich nur noch Händler sein. Der Krieg ist nun auch für mich vorbei."

Nach dem Essen brachen Peter und Pjotr zu einem Spaziergang auf. Sie erzählten von den vergangenen Zeiten, den Kämpfen und ihren Familien. Sie waren während des Gesprächs durch den Wald gelaufen, bis Peter stehen blieb. Er legte seine Hand an einen Baum und fragte „Fällt dir dazu was ein?" Pjotr schaute den Baum an „War der das?" fragte er und Peter nickte. „Ja, an diesem Baum begann unsere Freundschaft." bestätigte Peter und zog sein Messer. „Hier hinauf haben wir uns vor dem Schwein gerettet."

Auch Pjotr zog sein Messer. Auf beiden Messer war das Schwein hinten drauf. „Wir bleiben Freunde für immer und ich werde mit meinem Handelswagen immer hier Station machen, wenn ich in der Nähe bin." sagte Pjotr. Peter reichte ihm die Hand „Ja, Freunde für immer." sagte Peter. Gemeinsam, Arm in Arm, stiegen sie zum Tal hinunter, wo sie schon die Stadt sehen konnten.

Zeitliche Einordnung der Handlung:

5800 Steinzeit

Anfang des Buches **„Schicha und der Clan des Bären"**

Ende des Buches **„Schicha und der Clan des Bären"**

5500 Steinzeit

400 --

387 Die Kelten fallen in Rom ein

300 --

218 Der karthagische Feldherr Hannibal überquert die Alpen

200 --

100 --

55 Expedition Cäsars nach Britannien

44, 15. März, Kaiser Cäsar wird in Rom ermordet

0 --

9 Niederlage des Feldherrn Varus gegen die Cherusker unter Arminius

43 Beginn der Eroberung Südbritanniens

54 Nero wird römischer Kaiser

54 Anfang des Buches **„Die römische Münze"**

64 Brand Roms und daraufhin erste Christenverfolgung

68 Aufstände in Gallien und Spanien

68 Selbstmord Kaiser Neros

75 Ende des Buches **„Die römische Münze"**

79, 24. August, Ausbruch des Vesuvs und Untergang Pompejis

80 Einweihung des Kolosseums in Rom

98 Trajan wird römischer Kaiser

100 --

161 Marc Aurel wird römischer Kaiser

200 --

300 --

306 Konstantin der Große wir römischer Kaiser

324 Konstantin bekennt sich zum Christentum und macht dieses zur Staatsreligion

400 --

700 --

764 Anfang des Buches **„In den finsteren Wäldern Sachsens"**

772, im Sommer, Zerstörung der Irminsul

772 Anfang der Sachsenkriege Karls des Großen

782 Blutgericht von Verden (Aller)

783, im Sommer, Gefechte mit Beteiligung sächsischer Frauen

785 Taufe Widukinds in der Königspfalz Attigny

792 letzte größere Erhebungen gegen die Franken

792 Zwangsdeportationen und Neuvergabe von sächsischem Land an Franken

796 Karls Belehrung durch seinen Berater Alkuin

797 wurden mit dem Capitulare Saxonicum die Sondergesetze gegen die Sachsen gelockert

800 --

800 Kaiserkrönung Karls

802 wurde das sächsische Volksrecht (Lex Saxonum) verabschiedet

802 Ende des Buches **„In den finsteren Wäldern Sachsens"**

804 Ende der Sachsenkriege

889 Wanzleben wird erstmals erwähnt, als Haufendorf

900 --

913 Herzog Heinrich von Sachsen stellt ein Ungarisches Heer bei Merseburg

926 Heinrich handelt mit den Ungarn einen zehnjährigen Waffenstillstand für Sachsen aus

937 Otto I. der Große, gründete das St.-Mauritius-Kloster in Magdeburg

938 die Ungarn ziehen erneut gegen die Sachsen

952 Anfang des Buches **„Der Gefolgsmann des Königs"**

955, am 10. August, Schlacht gegen die Ungarn auf dem Lechfeld bei Augsburg

955 Otto Beginnt einen großen Neubau des Doms zu Magdeburg.

962, 2. Februar, Krönung Ottos zum Kaiser

968 Anfang des Baues der Burg Wanzleben

980 Ende des Buches **„Der Gefolgsmann des Königs"**

1000 –

1100 --

1142 Heinrich der Löwe wird Herzog von Sachsen

1143 Gründung Lübecks, der ersten deutschen Ostseestadt

1147 Anfang des Buches **„Im Zeichen des Löwen"**

1147 Wendenkreuzzug, dauert als Kreuzzug drei Monate

1152 Königskrönung von Friedrich Barbarossa in Aachen

1155 Kaiserkrönung Friedrich Barbarossas in Rom

1156 Besiedlungszug in Lommatsch

1157 Gründung des deutschen Kaufmannsbundes

1159 Wiederaufbau Lübecks

1160 Anfang des Buches **„Kaperfahrt gegen die Hanse"**

1160 der slawische Burgwall Dobin, liegt am heutigen Schweriner See, wird zerstört

1160 Lübeck erhält das Soester Stadtrecht

1160 Gründung der Kaufmannshanse

1161 Vermittlung eines Handelsprivilegs an die Stadt Lübeck durch Heinrich den Löwen

1161 Gründung der Gotländischen Genossenschaft als Vorstufe der Hanse

1162 Kloster Altzella, bei Nossen, wird gegründet

1163 Ende des Buches „**Im Zeichen des Löwen**"

1180 Heinrich verliert das Herzogtum Sachsen

1200 –

1200 Gründung des Petershofes in Novgorod als Außenstelle der Hanse

1200 Ende des Buches „**Kaperfahrt gegen die Hanse**"

1250 Anfang der Blütezeit der Städtehanse

1300 –

1500 --

1517 Anfang des Buches „**Die Bruderschaft des Regenbogens**"

1517, 31. Oktober, Luthers Thesen in Wittenberg

1518 Münzer und Luther in Wittenberg

1520 Münzer in Zwickau

1522 Neues Testament auf Deutsch

1523, zu Ostern, Katharina von Boras Flucht aus dem Kloster

1524 Bauern- und Handwerkeraufstände in Sachsen

1525, 15. Mai, Schlacht bei Bad Frankenhausen

1525, 27. Mai, Münzer in Mühlhausen enthauptet

1525, 27. Juni, Heirat Luthers mit Katharina von Bora

1525, im Dezember, Kloster Buch wird geschlossen

1526 Niederschlagung der letzten Bauernaufstände

1527 Ende des Buches „**Die Bruderschaft des Regenbogens**"

1530 Reichstag zu Augsburg beschließt Duldung des Evangelischen Glaubens

1534 Gesamte Bibel auf Deutsch

1600 –

1618, 23. Mai, Fenstersturz zu Prag

1618 Anfang des dreißigjährigen Krieges

1620, 08. November, Schlacht am Weißen Berg in Prag

1630 Anfang des Buches **„Im Schein der Hexenfeuer"**

1631 Kriegseintritt Sachsens

1631 10. Mai, Verwüstung der Stadt Magdeburg durch kaiserliche Truppen

1631 Beginn des Buches **„Die Räubermühle"**

1632 die Pest wütet in Sachsen

1632, 16. November, Schlacht bei Lützen

1634, 25. Februar, Albrecht von Wallenstein wird in Eger ermordet

1634 Ende des Buches **„Die Räubermühle"**

1639 schwedische Truppen brennen Dresden teilweise nieder

1641 Zerstörung Dresdens durch die Schweden

1648 Westfälischer Friede

1648, 24. Oktober, Ende des dreißigjährigen Krieges

1650 Ende des Buches **„Im Schein der Hexenfeuer"**

1700 –

1789, 14. Juli, Beginn der französischen Revolution

1793 Beginn des Interventionskriegs gegen Napoleon, an dem Sachsen teilnahm

1794 die Gesellen streiken in Dresden

1796 der Interventionskrieg endet mit einer Niederlage für die preußischen, österreichischen und sächsischen Verbündeten.

1800 --

1800 Begin des Buches **„Der russische Dolch"**

1806 Preußen und Russland verbünden sich gegen Napoleon. Sachsen schließt sich an

1806 Krieg der Verbündeten gegen Napoleon

1806, 14. Oktober, Schlacht bei Jena und Auerstedt, die Verbündeten werden von Napoleon vernichtend geschlagen.

1806, 20. Dezember, das Kurfürstentum Sachsen tritt dem Rheinbund bei und wird durch Napoleon zum Königreich

1812 von Sachsen aus beginnt der Feldzug gegen Russland. Sachsen ist mit 21.000 Mann daran beteiligt

1812, 23. Juni, Napoleon überquert mit seinem Heer die Mehmel

1812, 17. August, Schlacht um Smolensk

1812, 7. September, Schlacht von Borodino

1812, 14. September, Napoleon rückt in Moskau ein

1812, 13. Oktober, Napoleon beschließt den Rückzug

1812, 3. November, Schlacht bei Wjasma.

1812, 26. bis 28. November, Schlacht an der Beresina

1812, 14. Dezember, Kaiser Napoleon macht, seinen Truppen auf dem Rückzug aus Russland vorauseilend, in Dresden Station.

1813, 2. Mai, Schlacht bei Großgörschen, Sieg Napoleons gegen Russen und Preußen

1813, 20. und 21. Mai, Schlacht bei Bautzen, weiterer Sieg Napoleons gegen Russen und Preußen

1813, 26. und 27. August, Schlacht bei Dresden, Napoleon errang seinen letzten Sieg auf deutschem Boden.

1813, 16. bis 19. Oktober, Die Völkerschlacht bei Leipzig brachte Napoleon eine verheerende Niederlage. Die sächsischen Truppen liefen zu den russischen und preußischen Truppen über

1813, 11. November, Die belagerte Festungsstadt Dresden kapituliert

1815, 18. Juni, Schlacht bei Waterloo

1815 Ende des Buches „**Der russische Dolch**"

1900 --

Von Uwe Goeritz ebenfalls beim Verlag BoD erschienen (BoD – Books on Demand, Norderstedt, nähere Informationen finden Sie unter www.BoD.de)

„Schicha und der Clan des Bären"
die ISBN lautet 978-3-7386-0262-3

„Diese Geschichte spielt in der Steinzeit, als unsere Vorfahren dazu übergingen sesshaft an einem Platz zu leben. Es war der Beginn der Siedlungen, von Viehhaltung und gezieltem Anbau von Pflanzen. Die Schwierigkeiten der ersten Siedler und die Gefahren in ihrer Umwelt werden deutlich gemacht."

108 Seiten für 7,90 Euro

„In den finsteren Wäldern Sachsens"
die ISBN lautet 978-3-7357-7982-3

„Diese Geschichte spielt von 764 bis 802 in den Völkern der Sachsen und Franken. Matthias, ein Franke, und Thorsten, ein Sachse, haben beide ihre Familien in den Sachsenkriegen verloren. Nach kämpfen gegeneinander werden sie Freunde und müssen sich den täglichen Anforderungen des Lebens stellen. Im Kontext des Krieges von Karl dem Großen gegen die Sachsen muss sich ihre Freundschaft bewähren wenn Frieden zwischen den Völkern herrschen soll."

108 Seiten für 7,90 Euro

„Der Gefolgsmann des Königs"
die ISBN lautet: 978-3-7357-2281-2

„Die Geschichte spielt um das Jahr 950 im Volke der Sachsen in der Nähe des heutigen Magdeburg. Berthold ist als Oberhaupt nach dem Tod seines Vaters für die Geschicke des Dorfes verantwortlich. Zusammen mit seiner Frau Johanna, seinen Brüdern, seiner Heilkundigen Schwester Edith und den anderen Bewohnern im Dorf bewältigt er die täglichen Herausforderungen des Lebens in einer Zeit in der das Christentum und die Einigkeit des deutschen Volkes noch ganz am Anfang stehen. Als König Otto zum Kampf gegen die Ungarn ruft, werden Berthold und die Seinen auf eine harte Probe gestellt."

116 Seiten für 7,90 Euro

„Im Zeichen des Löwen"
die ISBN lautet: 978-3-7347-5911-6

„Die Geschichte spielt von 1147 bis 1163 im Volke der Sachsen in einem kleinen Dorf. Wolfgang und Heinrich kennen sich seit Kindertagen doch nun ist einer der Herzog und der andere ein Bauer. Kann ihre Freundschaft diese Kluft überbrücken?

Wolfgang erwirbt sich in den vielen Kämpfen das Vertrauen seines Herzogs und darf das Banner mit dem Löwen im Kampf führen doch der Kampf gegen das Volk der Slawen stellt diese Freundschaft auf immer neue Bewährungsproben. Kann Wolfgang, als halber Slawe, den Kampf gegen das Brudervolk mit seinem Gewissen vereinbaren?

Zusammen mit Karl ist er als Oberhaupt für die Geschicke des Dorfes verantwortlich. Mit seiner Frau Gisela, seinen Bruder Siegfried und den anderen Bewohnern im Dorf bewältigt er die täglichen Herausforderungen des Lebens in einer Zeit als aus dem Dorf langsam eine kleine Stadt wird."

116 Seiten für 7,90 Euro

„Kaperfahrt gegen die Hanse"
die ISBN lautet: 978-3-7386-2392-5

„Norddeutschland, Ende des 12 Jahrhunderts. Diese Geschichte handelt von 1160 bis 1200 zu Beginn der Hanse in einem kleinen Dorf an den Ufern der Ostsee. Eine kleine Gruppe von Fischern beginnt einen Kampf gegen die Übermächtig erscheinende Verbindung zwischen Kaufleuten der Hanse und den lokalen Fürsten.

Immer schlimmer werden sie ausgepresst, damit ihr Fürst Handel treiben kann. Unter Ausnutzung des Aberglaubens der Seemänner gelingt es ihnen, einen Teil des erpressten Eigentums zurück zu holen und unter der Bevölkerung zu verteilen.

Wie lange können sie aber der übermächtigen Allianz und der Macht des neuen Städtebundes widerstehen?"

108 Seiten für 7,90 Euro

„Die Bruderschaft des Regenbogens"
die ISBN lautet: 978-3-7386-5136-2

„Sachsen zu Beginn des 16. Jahrhunderts. Als Kind ist Thomas in das Kloster eingetreten, doch im Laufe der Zeit kommt er immer mehr in den Konflikt mit der Kirche. Sein Zusammentreffen mit Müntzer und Luther führt bei ihm auch zu einer inneren Reformnation. Hin- und Hergerissen zwischen den Ansichten dieser beiden Prediger ergreift er Partei für die Bauern, aus deren Stand auch er einst kam. Nach der Niederschlagung der Bauernaufstände muss er sich entscheiden, wie sein Lebensweg weiter gehen soll.

Der Autor verwendet eine Sprache, die im Kontext des historischen Erzählens authentisch wirkt. Die Dialoge sorgen für Lebendigkeit und besondere Nähe zum Geschehen. Bildliche Beschreibungen erschaffen besondere Eindrücke vor dem inneren Auge des Lesers. Der Text richtet sich an ein historisch interessiertes Publikum.

Fazit: Ein weiteres, lesenswertes Abenteuer, das den Leser in die spannende Zeit der Reformation und des Bauernkrieges zum Ende des Mittelalters entführt."

112 Seiten für 7,90 Euro

„Im Schein der Hexenfeuer"
die ISBN lautet: 978-3-7347-7925-1

„Diese Geschichte handelt in den Jahren 1630 bis 1650 in einer kleinen Stadt in Sachsen. Johanna hat in den Wirren des dreißigjährigen Krieges schon zweimal ihre Familie verloren. Als Frau eines Kaufmannes gerät sie in einen Hexenprozess, den sie nur mit viel Glück und der Hilfe ihres Mannes überlebt. Nach diesem Prozess arbeitet sie weiter mit Kräutern und versucht den Menschen zu helfen, so gut sie es kann. Im alltäglichen Leben werden ihre Fähigkeiten immer wieder gefordert und sie muss jeden Tag beweisen, dass sie eine starke Frau ist."

112 Seiten für 7,90 Euro

„Die Räubermühle"
die ISBN lautet: 978-3-8482-0893-7

„Sachsen in den Jahren des dreißigjährigen Krieges. Von 1631 bis 1648 wütete auch in Sachsen der blutigste Krieg, den die Menschheit bis dahin gesehen hatte. Bis zu 80 Prozent der Bevölkerung kamen durch Not, Krankheiten, Hunger, Gewalt und Krieg ums Leben. Ganze Landstriche wurden entvölkert und niedergebrannt. Diese Erinnerungen haben sich tief in das kollektive Unterbewusstsein eingebrannt.

Dies ist die Geschichte von einer kleinen Gruppe Männer, die auf der Flucht aus dem Heer nicht, wie alle anderen, marodierend und raubend umherziehen wollten, sondern die erkannt haben, wem sie helfen wollen und von wem sie es nehmen sollen. Traumatisiert durch die Ereignisse des Sterbens und Tötens wollen sie der Gewalt ein Ende setzen. Doch wie? In einer Zeit der Gewalt kann selbst der friedfertigste nicht ganz auf Gewalt verzichten.

Durch die Nutzung des Aberglaubens der Bevölkerung gelingt es ihnen, unerkannt in einer Mühle Unterschlupf zu finden. In diesem neuen Buch wird der Leser in die Zeit der Umbruches entführt, eine Zeit, in der die Ritter nicht mehr den Ton angeben und ein erstarkendes Volk langsam beginnt, sich auf sich selbst zu besinnen und sein Glück selbst in die Hand nimmt."

112 Seiten für 7,90 Euro

Aktuelle Informationen und Neuerscheinungen finden sie immer im Internet unter:

www.Goeritz-Netz.de